讀者朋友，你好

謝謝你讀我的書

祝平安喜樂，

萬事勝意

八月長安 ♡

# 這麼多年

下

八月長安

# Contents

Contents

# 六十 風向

陳見夏因爲顛簸的氣流醒來，正碰上坐在靠近走道座位的Serena伸長手臂用飛行模式下的手機拍窗外。

「碰到妳了？」Serena驚慌地收回手，「我把妳吵醒了？」

見夏搖搖頭，「我跟妳換座位吧，我坐外面，妳靠窗。」

看見夏毫不遲疑地起身，Serena識時務地接受了好意。見夏剛醒，還有些受不住光，瞇著眼，透過Serena的手機螢幕看向窗外，飛機正穿越一片丘陵，只有零零散散的流雲，能見度很好。

「眞好，」Serena感慨，「不會拍到飛機機翼。」

陳見夏調侃道：「妳可以發文了，別人看得出來這位置是商務艙。」

「那我得選擇特定朋友，不能讓別的同事看見。」Serena被說中心思，也笑了。

「沒關係的，」陳見夏從前方座椅背後的袋子裡取出礦泉水瓶，轉開，「公司報銷是按額度，不按艙等，只要碰上這種兩折商務艙，我們都會搶，妳又沒違反規定。很多大企業就不是這樣了。」

「我聽我別的同學說了，他們公司規定得很嚴，有時候紅眼航班的商務艙才四百多元，高鐵要五百元，但她主管的等級就是最多只能坐高鐵，還要提前申請，哪怕多一百元也不能超過標準坐商務艙……」

Serena 的話匣子一旦打開就關不上，剛到職的小朋友總是在木訥靦腆和亢奮過度之間切換，陳見夏能理解，或許對方會因爲這段旅途中的對話給自己的職場生涯狠狠打個勾，別上一朵小紅花——「今日和部門主管拉近了關係，『社會化』程度加十分」。

她剛工作的時候也是這樣。剛上小學的時候，剛上初中的時候，剛去振華的時候，剛踏上樟宜國際機場老舊地毯上的時候……緊張、試探、觀察、討好，有時候覺得人與人之間的性格天差地別，有時候又覺得，怎麼可以像到這種地步，相似到無趣。

Serena 是管理培訓生，八月底剛到職，正在各部門輪流培訓，正好輪進了陳見夏的部門。她是上海本地人，大學在香港讀，去新加坡做交換生期間透過內部推薦進了這家公司進行培訓，最終拿到了 return offer，被派回上海分部。公司創始人是程式人員起家，公司沒上市，規模不大卻擁有完整的內部郵件系統和內部網路聊天軟體，用戶名都是「英文名．姓氏」的形式，女孩第一次過來攀關係，說自己也姓陳，是本家，陳見夏笑著逗她，不是一個陳，妳叫 Serena Chan。我是 Chen。

陳見夏讀大學的時候也用過 Chan，又改了回來，對於「裝」這件事，她總有種羞恥感，好像冥冥中有神在看她，不知不覺竟做到了慎獨。

或許應該再睡一會兒，見夏卻睡不著了。Serena 拍得太起勁，絲毫沒意識到下了飛機之後，她們將面臨怎樣的暴風驟雨。

年輕眞好。永遠好奇，永遠坐在人生第一次航程中。

Serena 感染到了陳見夏，她也伸脖子過去，透過飛機狹小的雙層窗看到下面薄霧中山脈上零星的白雪。

「我第一次坐飛機的時候，看見山，十幾秒鐘沒反應過來是什麼，從山尖沿著山脊向下輻射出花朵一樣的形狀，我以爲自己看見了小時候鐵罐子裡的黃油餅乾。」

陳見夏感覺到 Serena 驚異的目光，這平平常常卻觸及心底秘密的話比剛才十幾句刻意討好的話都親暱，嘰嘰喳喳的女孩愣住了，連見夏朝她疲憊一笑都沒反應過來。小女孩腦子裡還有很多制式的故事和感慨沒有講，或許是職業教育中心的老師教的，或許是學長、學姐們的經驗，要跟一個前輩拉近關係是有模式可循的，先聊什麼，再聊什麼，什麼時候可以約吃飯，什麼時候可以私下講無關利益的其他同事的壞話……

鐵罐子餅乾什麼的，的確是超出範圍了。

陳見夏拉上眼罩，將座椅向後靠，再次醞釀睡意。

不只是鐵罐子裡的餅乾，還有地理書上畫得一樣九曲十八彎的河道，傍晚天邊遮不住落日、光芒從縫隙如岩漿奔湧而出的積雲……她坐得直直的，眼睛都捨不得眨，從天光明亮盯到夜幕降臨，最後用衣服蒙頭，將自己與機艙內的明亮燈光隔離，透過有些髒污的雙層機窗，看到了滿天繁星，碎鑽般灑滿視野，閃耀得令她徹底失語，忘記了悲歡離合，包括自己的存在。

那一刻，一個念頭劃過腦海。

這就是一個人類離天空最近的時刻了。她終究不是會飛的鳥，只是「鋼鐵鳥」腹中的一粒草籽，會落地生根，動彈不得。

初冬時節，乍一下飛機，任誰都感慨上海比北京暖，在計程車排隊處等了一會兒，寒氣慢慢沁透身體。

大自然有耐心。

她們直接回了延安西路的公司，正好夠時間趕在下午的高階管理人員簽約儀式前買咖啡和雞肉捲。上電梯的時候竟然正好碰見了大老闆 Frank，Serena 整個人像隻炸毛的貓，第一反應是退出去等下一班，被見夏拉住。

她知道這是新人的本能反應，Serena 不是故意的，但也做過頭了。辦公大樓電梯是公用的，他們公司也不過買了兩層樓，又不是地主，別的公司吃午飯歸來的上班族都擠進來了，她們又有什麼好客套的？

Frank 笑咪咪地看著 Serena 手裡的星巴克，說：「沒有我的份嗎？」

Serena，「啊，我，那個……」

陳見夏解圍，從紙袋裡拿出買咖啡的收據，說：「Frank，報銷一下。」

早年程式人員出身的 Frank 向來喜歡穿不帶任何 logo 的毛衣、Polo 衫和球鞋，看上去是個平易近人的爺爺，見夏也就陪他演。

Frank 哈哈笑了，事情就過去了。

到了十九樓，見夏用手擋住電梯門，等老闆離開，和 Serena 一起假裝要去二十樓，到了之後又重新在電梯間按向下鍵。Serena 感激地碰碰見夏的手臂，說：「Jen，謝謝妳。」

見夏歪頭，裝作不明白她在說什麼。又不是多大的恩情，工作幾年自然就學會了，她不想倚老賣老。

就在這時，二十樓一邊的自動門開了，人力資源總監抱著文件匆匆走出來，碰見 Serena 便皺眉，「打妳電話怎麼不接？」眼神往下移到她手中的咖啡紙杯，臉色更沉了。

不等她解釋，對方便繼續往另一邊走，在電子門前刷卡，頭也不回，「妳來一趟。」

Serena 手裡的咖啡好像突然變得燙手了。陳見夏主動接過來，說：「去吧。」

電梯叮的一聲，見夏回想著人力資源總監擺架子的樣子，心裡明白，戲要開始了。

公司的大會議室已經很久沒用過了，見夏印象中上一次坐在這裡還是去年被關係好的人資同事拉來，給 Serena 的上一屆管理培訓生做就職 orientation，那時候坐在第一排的是一群美籍、新加坡籍華裔高階管理人員，此時此刻，只剩下不到三分之一。

取而代之的是另一批志得意滿的新主管，今天「簽約儀式」的主角。

可容納一百多人的大會議室竟然坐滿了，不光像陳見夏這樣的中階主管一個不落，很多普通員工也擠進來站在走道上看。議程和主持人——人力資源總監本人一樣無聊，還沒開始五分鐘，見夏就有點睏了。

直到穿著旗袍的 Serena 捧著碩大的硬殼簽約書走進門。

陳見夏呆住了。

紅色暗紋短旗袍，下面是膚色絲襪和黑色絲絨料的橫帶瑪麗珍鞋，頭髮是剛綰上去的，髮根是黑的，染的部分有些掉色，讓這一身的違和感更強烈了。

陳見夏拿出手機，發現 Serena 在半小時前給自己打過兩通電話，她忙著和部門同事對週報，沒有接到。

這樣的簽約儀式，穿著這種樣式旗袍的禮儀小姐，見夏小時候便在電視上見過，好像沒什麼問題——站在一旁，跟富貴牡丹或青瓷大花瓶融為一體，在適當的時候上前，遞上硬殼本和簽字筆，雙方簽完之後再幫忙交換，保持微笑就好，是規矩體統，是天經地義的流程的一部分。

如此天經地義。那麼此時她內心這種不舒服的感覺，究竟是什麼？

陳見夏注意到 Serena 的嘴角，好像墜著兩塊巨石，垮下來，被強行牽上去，又垮下來……她眼神低垂，只是很偶爾地瞟向第一排的角落，那裡坐著 Serena 喜歡的人，信誓旦旦地畫了個餅將她招進來的人。

曾經也是意氣風發坐在第一排最中間的青年才俊，不知道他此刻坐在那個位置，算不算沉得住氣。

不過能確定的是，他定然沒工夫去注意一個小女孩隱密的愛戀與羞恥了。陳見夏想起這個男人永遠熨燙得妥貼的襯衫和得體的舉動，突然覺得有什麼變冷了。或許冷的是她自己的眼神。
手機在西裝外套口袋裡振動起來，螢幕上跳動著三個字：鄭玉清。
不是不想標註「媽媽」，只是安全起見，防詐騙才這樣做的。這理由見夏自己都信了。
她掛斷，然後回覆訊息：「在開會。」
電話又打來了，不知道是沒耐心看她的訊息，還是根本不想看。陳見夏再次掛斷。
她忽然覺得大會議室的空氣凝固了，怎麼都喘不過氣來。

傍晚開始下雨。細細密密的，氣若游絲，迷濛地飄在空中，彷彿沒力氣落地。水汽裹住了城市，反倒像是行人誤闖進去蒙了滿身。
目的地不遠，於是大家路過了好幾家便利商店都沒有買傘。等到集體坐在店門口冰涼的鐵質小圓凳上等位，有一搭沒一搭聊起天時，雨一點一點不露聲色地下大了，像一場圍獵。
見夏再次感慨，大自然果然有耐心。
同事們坐成一長排，陳見夏特意挑了最邊邊的位置，聽不大清楚他們聊什麼，隱約都是些網路上的笑話，什麼南方的冷是化學攻擊，北方的冷是物理攻擊之類的，聊不下去了便問門口接待的服務生叫到幾號了，再轉頭問手裡抓著號碼牌的Serena我們是幾號。
來來回回五、六遍，Serena勉強的笑中帶著猶疑，連大桌A 22都記不住，任誰都會懷疑這群老同事在整人。

夜晚徹底降臨，雨還是沒停，不知什麼時候起，寒意已經浸透了外衣，有人感嘆，果然不能小看上海，網路上都說……

剛才這笑話不是講過了嗎？化學攻擊，知道了，大桌 A 22。陳見夏蹙眉腹誹，但男同事沒因爲她躲在角落就放過她，「Jean，妳覺得呢？妳是北方人。」

男同事分不清 Jen、Jean 和 Jane，但不妨礙他對她有意思，大家都察覺到了。公司走廊裡擦肩而過的時候，他對她吹過口哨，恐怕都有老婆孩子了，做人倒是眞自由。

陳見夏笑笑說，我也好久沒回老家了，南冷北冷都是冷，頭痛腿痛都是痛。趁現在我去買幾把傘吧，等一會兒吃完飯下大雨就麻煩了。

Serena 急匆匆把號碼牌遞給別人，緊跟著陳見夏，說：「我和 Jen 一起去！」

路上見夏沒有提簽約儀式的事情，也沒有提自己漏接的兩個電話，她覺得解釋無用，更沒必要。倒是 Serena 主動問：「Jen 妳看見郵件了嗎？下一輪校園招聘妳去嗎？妳覺得我應該去嗎？」

見夏微微揚起臉讓雨絲落在臉上，「剛發的？還沒看。去哪裡啊？」

「南京。」

陳見夏不說話，Serena 以爲自己沒頭沒尾的兩個字讓她不悅了，連忙壓低聲音將來龍去脈都講清楚：「我也是剛接到通知，按道理不應該我來發郵件，但他們都拿新的管理培訓生當實習生用。」

也當行政人員用，也當花瓶用。她們有默契地沒有繼續話題。

Serena 平復了一下，繼續說：「好像是 Frank 和南京建立了一些新的關係，新的物流倉庫可能放在那邊，會有政策上各方面的支持，所以臨時想要在仙林大學城加兩場宣傳演講活動，單開一場筆試，這樣學生們就不用往上海跑了。」

陳見夏又想起那個電梯裡笑咪咪的、乾乾瘦瘦的精明老頭。

Frank 是新加坡華人，總公司開在美國，第一個全資子公司在新加坡註冊，正好符合見夏他們這些中國——新加坡 SM 留學生畢業後「服務期」的工作要求。近十年，Frank 的戰略布局是大中華區，引了一群外籍華人親信派駐到上海和北京，開拓出了兩個分公司和兩個半自動化的大型物流倉庫。

但就是水土不服，業績半死不活，一直靠海外淨利潤給大中華區輸血續命。

就在一個月前，另一群中年高階管理人員空降，幾乎全是本地人。以陳見夏為代表的中階管理群近來異常沉默，都在揣測 Frank 的用意。

中午在食堂吃飯，一邊是老同事，一邊是新管理層，英文和上海話雙聲道，讓人深恨磚縫不夠寬，不能端著餐盤直接遁地。今天的簽約儀式同理，雖然「精英」剩沒幾個了，還是在大會議室劃出了楚河漢界。

Serena 輕聲說：「人力資源總監沒有提，但我主動附件給妳了……她沒有說一定要妳去。人力資源總監說，都靠自願，不強求。是我自作主張把郵件附件給妳的。」

幫本地新高階管理人員們打破公司慣例的就是人力資源總監，一個從不化妝的女人，永遠穿差不多的灰色西裝套裙，裙子在膝蓋下兩公分，腳踩三公分的黑色厚跟高跟鞋，頭髮盤得比《哈利波特》裡的麥教授還緊。

從來不笑。

人力資源總監以前在一家大型國營企業工作，進公司比見夏還早，但夾在一群優越感明顯的外籍精英中，幾乎將不得志寫在了腦袋上。去年年底老東家併購，引發風暴，她的老朋友雖然內鬥失敗被清出了系統，但誰也沒想到，一場秘密談話後，Frank 竟答應了她，將她所有的老同事一起打包簽進了這家洋公司。

人生果然草蛇灰線、伏行千里。

南京？建倉庫？招生？

這是要他們中階人員站隊表態了。見夏想。

Frank 吃不消大中華區再這樣繼續燒錢，即便是多年親信，他也深恨那群外籍精英在本土市場裝酷不成、屢屢碰壁的敗績。老闆一旦下定決心，一個大戰略丟下來，全公司一起劈腿，中階人員一度發個郵件都膽戰心驚，不知道究竟該把哪邊的長官信箱放在收件人最前面。

Frank 最頭痛的就是政府關係和本土化。如果 Serena 說的是真的，那南京建倉庫的事必然是新管理階層找對了門路，占了上風。

其實就算沒這個消息，見夏自己也早就發現了。

她始終記得第一次見到那個吹口哨的、名叫 David 的新長官的樣子。立領紫色 Polo 衫，大 logo 金扣皮帶怕不是放到了最後一個孔才勉強繫得上，腦袋光亮，下巴一撮小山羊鬍倒旺盛，站在走廊手裡夾根菸，還好沒點著。

他肆無忌憚地上下打量，見夏抱著文件經過，對他禮貌點頭，他竟吹了聲響亮的口哨。陳見夏頓了頓，平靜地回頭看他——不料，困惑的居然是對方。

他真心不明白這聲口哨究竟哪裡吹得不對。

見夏打聽到這位陌生新高階管理人員的 title 居然是高級公關經理，下午便給內部審計部門發了郵件。

那是第一次，郵件石沉大海。

職場動物能嗅到草原上颳起的第一縷北風，那是遷徙的信號。陳見夏見微知著，感覺到了 Frank 的決心——他既然要用這批人，就要放手讓他們試，方方面面大大小小，包括那個假模假樣的反騷擾舉報系統，都一起被「localization」了。

便利商店的門開了，一室明亮，見夏問 Serena：「妳爲什麼提醒我？」

Serena 語塞。

見夏沒指望得到答案。這個問題本來就超乎尋常了，她應該挽上Serena的手臂，說：「幸虧妳告訴我，現在鬥得太厲害了，資訊跟不上說不定就被當槍使了，還好有妳。」

但見夏還是問了。面上波瀾不驚，聽到「南京」兩個字的時候，見夏就有點恍惚，沒有心思僞裝了。

Serena 忽然哭了，說：「Jen，我今天醜嗎？我覺得自己好醜陋。」

# 六十一 ♦ 雙棲動物

陳見夏的手放在冰箱裡寶礦力水得的塑膠瓶上，指尖冰涼。

她應該說點什麼，說什麼都好。像在電梯間一樣裝傻也可以，講眞實想法也可以——但她自己都不知道眞實想法是什麼，太微妙了。

那旗袍開衩不高，普通款式，乍一看，沒什麼性方面的意味。

但大家都明白。

她看著 Serena 的眼睛。剛到職的時候就有人說這個女孩好看，細細白白的，溫言軟語，不愧是上海女生——雖然不知道這些和上海到底有什麼關係。或許是沒話找話。

Betty 跟妳說什麼了？妳爲什麼穿著旗袍出現了？

陳見夏忽然討厭起一切英文名字，把自己包裹得嚴實卻讓管理培訓生去穿旗袍當花瓶的人力資源總監 Betty，事不關己的 Jen，低聲下氣的 Serena，大勢已去卻坐在角落假裝神情自若的 Simon，還有那群新高階管理人員爲了加入內部網路系統，緊急給自己取的英文名：愛打高爾夫球的 Jim，對著女同事吹口哨的山羊鬍 David……

個性外冷內熱，她到底還是問了：「那妳爲什麼穿？就是不穿會怎麼樣？」Betty 也拿妳沒辦法。」

Serena 迷茫地看著她，「年底不是有全面性的績效考評嗎，怎麼能得罪人資？而且，而且……」

她猶豫了很久，認眞地問：「我心裡難受，是不是我矯情了？我一開始不願意，Betty 說我不夠 professional，其實就是工作，只是工作……」

Professional？陳見夏內心冷笑，和以大局爲重一樣用來壓人的詞，這個詞一出，上位者的私心、恨意都被包裹成糖衣，Serena 甚至瞎到分辨不出 Betty 睥睨小女孩的惡意。

她眞的很討厭英文。

大學大部分授課是用英文，她不是不習慣，只是在敲鍵盤的時候，很難不感到陌生，好像怎麼都差了一點點，累積再多詞彙量和技巧，終歸差了那麼一點點，血脈相連的傾訴欲，恰到好處的表達，一字一句的精準……像一個沒有故鄉的人。

倒也沒什麼好抱怨，她本就是沒有故鄉的人。

「妳的考評結果大部分看我，」陳見夏到底還是說了，「現在妳做後台數據分析，我沒壓妳，妳怕什麼？」

小女孩白皙的臉頰微微泛紅，「那妳會一直在嗎……我聽說，Simon 要走了，是眞的嗎？」

果然還是在意那個坐在角落的男人。

「我不知道。」

「有人這麼說的，但也有人說 Simon 和 Frank 上週還單獨談話，他跟了 Frank 十年了，不會就這麼被棄了吧？有人說他會建立獨立的事業部，開拓新業務，到底哪個消息是真的？」Serena 像抓住救命稻草一樣，「我之前還約過他談職業發展，他還給我規劃了未來三年的路徑，要走的人不會跟我說這些吧？」

「我不知道。」

「但是……」

陳見夏媽媽的來電終於救了她，她大大方方告訴女孩，我家裡的電話——我爸爸病了，很嚴重。

Serena 立刻點頭如搗蒜，放開了抓著陳見夏的手。

面對同事時，天大地大家人最大；面對家人時，千難萬難工作最難。陳見夏左右逢源了很多年了，已經沒有半點罪惡感。

甚至藉著這個電話，她將聚餐的事情也丟給了 Serena，「妳幫我告訴大家吧，我爸爸肝硬化，我有家事要處理。」

她厭煩，不想跟山羊鬍坐對面吃飯，最重要的是，她沒想好到底這個隊值不值得站、要怎麼站，不如清靜一晚上，好好看看那封去南京宣傳演講的郵件，再跟另一個人談談。

南京……見夏低眉。

Serena 驚訝得瞪大眼睛，陳見夏面色如常，囑咐她：「不用替我避諱遮掩，就這麼直說就好了。」

陳見夏冒著雨穿過了兩條街，走到富民路的交叉口，在一家店門口的雨棚下等了幾分鐘，一輛銀灰色凌志停在她面前。

她迅速拉開副駕駛座的車門坐進去。

Simon 沒講話，她也沒講話，只有雨刷偶爾動兩下，將迷迷濛濛的水汽抹去，不出五秒，擋風玻璃上又是一片模糊，雨刷徒勞地搖擺，懶洋洋的，和車上的兩個人一樣。

五分鐘過去，車在富民路移動了不到十公尺。

見夏見他要左轉，忍不住提醒：「別走常熟路，David 和 Serena 他們可能還坐在外面等位置，這時候正塞車，萬一停在他們眼前動不了，可就熱鬧了。」

Simon 依言，「那就繞一下路吧。」

等紅燈時，他將西裝外套脫下來，往後座一甩，見夏讀出了他的煩躁，不想往槍口上撞，隨手開了廣播，正放著林憶蓮的歌。她想起第一次坐在 Simon 的車上，氣氛很尷尬，是他主動開了廣播，放的也是林憶蓮。

當時他說，林憶蓮的聲音很美，有種風塵氣。

「是誇獎，」他有點緊張地補充，「不是說歌手，也不是不尊重女性，我只是找不到別的可以替代的詞。風塵比風情準確一些……我說得對嗎？煙火氣和風情好像都差了點什麼。」

車裡有他淡淡的香水味，那天也是下雨天，窗外是濕漉漉暈染開的燈紅酒綠，她忽然覺得離這個英俊的男人近了很多——因爲他不像其他人一樣講話夾英文，因爲他願意在自己面前使用不那麼紳士和正確的詞彙。

那是他們關係的開始。

陳見夏忽然想到飛機上，她隨口對 Serena 說起鐵罐子餅乾，Serena 同樣覺得她們的關係瞬間親密了不少。其實只是年長者偶爾鬆懈漏下的情緒點滴，卻讓那個更在乎的人細細揣摩，淋了一身自娛自樂的雨。

左邊一輛車強行變換車道，硬擠在了他們前面，Simon 難得罵了句髒話，用手扯領帶，再次往後座一甩。

陳見夏沒讓他送自己回家，兩人一起將車停回他公寓 B2 層的車庫，Simon 要上樓，按亮了二十七樓，見夏搶著按了 L 層。

「去旁邊那家居酒屋吧，步行過去，」她說，「你不吃晚飯，但可以陪我喝一杯。」

「哦，妳沒吃晚飯，不好意思。」他有些抱歉，「去我家也是一樣的，我可以給妳做飯。家裡也有酒。」

見夏笑了，「我吃沒吃晚飯你都沒心情關注，還有心情做飯？吃現成的吧。其實……你心情很差、很挫敗，可以說出來的，不用虐待外套和領帶。」

Simon 沒說話。他的尊嚴可不是能讓陳見夏隨隨便便戳著玩的。但見夏不在乎了。

他們坐在狹小的靠牆雙人桌，點了海葡萄、枝豆、湯汁炸豆腐、鮭魚頭和一些烤串，冰了兩壺清酒。

見夏吃得興味索然，其實她更想吃辣的，想吃熱騰騰的豬腦花、串串，肆無忌憚地吃到鼻尖沁出熱汗，肆無忌憚地擤鼻涕。

幸好酒還是好喝的。

「你知道 Serena 喜歡你嗎？」她問。

「關我什麼事。」

「不關你的事，也不關我的事，」見夏嘆息，「你沒回答我，我問的是，你知不知道。」

Simon 的成熟之處在於他會假裝認眞面對每一個問題。比如此刻用停頓來僞裝思索。

「眼神能看出來，不過小女孩不都是這樣嗎？哪怕她們有男朋友，面對異性還是會害羞。」他給自己倒酒，不看陳見夏，「妳問這個做什麼？同情心氾濫替小女孩打抱不平？我們這樣的關係，妳沒立場同情她吧？」

陳見夏懶洋洋地反問：「就不能是我吃醋了嗎？」

Simon 這次是眞的被逗笑了，「妳當我是白癡嗎？」

這段關係他們是有默契的，說過喜歡，沒說過愛，沒參與過彼此的生活圈子，不問過去，也不會暢想未來。

共同話題倒是極多——辦公室地下戀情，每天光是互通內部訊息和議論同事關係就足以填滿共處的時間了，人和人利益一致時，別的事情也會很有默契。陳見夏自己都分不清他們共同喜歡的電影和書籍究竟有多少成分是眞心，又有多少是因爲工作上的默契而寬容了審美。

還有什麼比利益共同體的連結更密切的嗎？

只可惜，辦公大樓裡，沒有什麼不是暫時的。

吃飯的時候，他爲了保持身材而悶頭喝酒，不肯陪她吃半粒米，而她用舌尖壓破海葡萄，就著細微的海腥氣，滿腦子想著沒有精美裝潢但美味的館子和大盆紅油泡牛蛙。

「你知道南京建倉庫的事嗎？」她剝著枝豆，「雖然跟我們做後台的沒什麼關係，但最近我的消息也太不靈通了。你和 Frank 談過之後，我們就沒見過面了，倒也不用具體告訴我談了什麼，但，是不是不太愉快？」

Simon 還是悶頭喝酒。很久之後，他說：「他已經不信我了。」

短短四個月，和 Simon 並肩作戰的精英同袍已經走了大半，包括多年前在最終面試時將陳見夏招募進來的財務長，一個胖胖的新加坡老頭，與她和和氣氣講，自己年輕時工作累到流鼻血、被自己女兒從夜店回家撞到，白眼一翻，說：「Daddy，你沒有 life。」

很和氣，和 Simon 這樣在新加坡長大、讀書、生活的人一樣，懂得將自己的優越感隱藏起來。有退路的人，最愛自我調侃。旁人只能陪笑，又有些笑不出來。

「我聽說，他準備退休，回新加坡開店了，有那邊的同事去吃過，」見夏說，「雞肉叻沙非常好吃，沒想到他還有這個隱藏的本事。」

「是，他本來就很會做飯。終於有機會告老還鄉實現理想了。」

「可惜了，像Serena他們這些新人，應該想不到到職之後不用再寫英文郵件了，如果要寫，也是旅行的時候去他店裡預訂座位，現在則是每天開會拿著小本子記錄Jim拍著桌子說要杜絕『小團體主義』。」

見夏想起新任執行長Jim新官上任三把火的那天，給他們財務分析部下馬威，Serena拿著本子手足無措，慌張地低聲問見夏：「我沒寫錯吧，是這個嗎？這個詞是這麼寫嗎？一會兒發會議紀錄就直接這麼寫嗎？附件給Frank他能看懂嗎？」

荒誕得讓陳見夏笑出聲，清酒不小心灑在桌上，被她用面紙抹去。

「Jen，」Simon笑不出來，「有什麼話妳直說吧。」

「你是不是也準備走了？從畢業你就一直在這家公司，大家都說你是Frank的『親兒子』，十年了，從來沒吃過這種癟吧？哦，吃癟這個詞的意思是，受委屈，有苦說不出。」

Frank曾經給了很多機會，但Simon他們照搬北美模式，搞「黑色星期五」，搞「快速銷售品試用期無理由退貨」，羊毛直接被本土老百姓拔光，倉庫和客服部差點鬧革命，那段時間的存貨周轉率和毛利率慘不忍睹。陳見夏盡力美化了數據週報，遞上去的時候，Frank陰森森地盯了她很久很久。

老頭子雖然常年在北美，但華人懂華人，懂大中華區。

既然 Simon 不打算坦誠，見夏也沒給他講話的機會，繼續說：「Jim 也好、David 也好，其實都待不長，或許你再忍半年，這群人花樣用完了，架子也擺完了，會坑死 Frank，建倉庫的事情無異於與虎謀皮，早晚沒好結果，你完全可以再等等。」

Simon 終於拿起筷子，夾了一串蔥燒雞肉，但只是放在盤子裡，沒有吃。

「其他公司綁架了風險投資，熬得起，但我們沒上市，Frank 自己占了71％，你們每一次失敗的嘗試，燒掉的每一分錢，真金白銀都是 Frank 自己的。他只是急了，所以信 Betty 的引薦，信 Jim 他們這群從大集團出來的人有『關係』，懂中國的消費者……但他們不懂業務。Jim 每次看週報都像小學生看 Nature，慌得不得了。他讀都讀不懂，依然穩住了，你自己不要慌，好嗎？」

Simon 抬起頭直視見夏。他喜歡和見夏聊工作，將她當自己人，但見夏知道，最後一句話，他不愛聽。

陳見夏笑了，「原來，還是因爲情緒。你到底還是生 Frank『爸爸』的氣了呀。」

男人的臉頰有些紅，不知道是因爲酒精還是因爲被戳中了最隱密的心思。

「我在這裡待膩了。」

見夏呆了片刻，「嗯，我知道你想回家，只要有假期，你就會回去。」

「妳不想回去嗎？我們可以一起回去。」

回去。新加坡。她想起永不結束的夏天，熾烈的陽光，下午四點準時的傾盆大雨，鬧哄哄的大排檔，Dorm 的管理員爺爺，濕漉漉的露天宿舍走廊，第一次去酒吧……

「我想過去北美，也想過回新加坡，Frank應該也會答應，但大家都會知道我是在大中華區被趕走的loser，那邊一直在爲我們補貼利潤，我去了，也不會有很好的發展。Jen，我在這裡待夠了，妳不是嗎？」

「我待在這裡很好。」陳見夏說。

Simon愣住了。

「當年到職的那麼多同期管理培訓生裡，你會注意到我，給我行方便，指點我，和我在一起——如果我們這樣也算在一起的話——難道不是因爲，我是唯一一個大學在新加坡讀後被派駐到上海的嗎？你對我感興趣，一開始只是同病相憐的homesick吧，有親切感？」

陳見夏認眞端詳Simon的臉。這是一張沒吃過虧的白淨的臉，三十多歲也有資格因爲受了委屈便意氣用事。像言情小說中的一萬多個「家明」，見多識廣，永遠打理得清爽的髮型，永遠整齊的襯衫，溫潤好聽的口音，有教養，有分寸，有退路，臉上帶著淡淡的半永久笑容。

她在很小的時候也作少女夢，夢見的就是這樣的男人。

Simon難得紅了眼圈。「我不否認。」

「但如果你回了家，你的環境裡會有很多很多像我……不，比我優秀漂亮很多的人，從小跟你在同一個環境長大，更有共同語言，會講馬來語，不需要你特意翻譯。我只是因爲你在這裡太孤單才顯得特別。我不是Frank的親信，他沒有理由把我派走，所以我們未來不再是同事了。話說盡了，你能從我這裡得到的，和我能從你那裡得到的，已經到盡頭了。」

不是不傷心，但陳見夏壓住了酸澀的淚意。畢竟也是幾年的戰友。

「但是，」Simon 握住了見夏的手，「妳說得太絕對了。起因或許是這樣，但我喜歡妳，因爲妳是個很獨立很特別的女人，目標清晰，很強大。Jen，妳是一個強大的女人。」

陳見夏有些醉了，透過他背後的茶色隔間玻璃板，看見自己模模糊糊的臉。

他形容的人，是誰？

Jen 又是誰。

# 六十二 ◆ 再見，陳見夏

宣傳演講會上，人力資源總監一直微微仰著頭，時不時瞟兩眼陳見夏這幾個到底還是低頭出現在了南京的「Simon 派」遺老，嘴角一直掛著若有若無的笑意，沒辜負見夏第一次見到她時的判斷：陰陽怪氣這個成語修煉千年成了精。

見夏有些搞不懂，Betty 年近四十，聽人說早就離婚，永遠不施脂粉，戴著高度近視眼鏡，穿衣打扮一絲不苟，也從不和任何男同事——包括被她親自有步驟、有計畫地引入公司的老長官們——閒聊調笑。這樣的人本應是見夏最欣賞的那種無視性別、一心專注在工作上的女性盟友，然而 Betty 每次出手，全都穩準狠地整女人，尤其是年輕女人。

宣傳演講會結束後，其他人紛紛商量下午的時間怎麼打發，見夏謊稱自己在南京有老同學，答應大家晚飯後如果還有續攤，她一定去。

「Jen，」Betty 皮笑肉不笑，「家裡還好嗎？我上次聽 Serena 說了，妳爸爸病得很嚴重，這種事沒辦法，很難平衡的……」

「我老家有親弟弟在照顧，」見夏笑了，「謝謝關心，病了有段時間了，但除了上次沒能跟你們一起吃飯，工作上，我覺得我平衡得……還不錯？」

Betty 的臉抽了抽筋，「那就好。」

見夏走的時候，餘光注意到了 Serena 求救般的眼神，她有些困惑，但人多嘴雜，不便多說。等離開了會場，她發訊息：「怎麼了？」

Serena 說：「沒事，妳忙吧。」

見夏坐上計程車，打算先回飯店把高跟鞋和西裝外套換掉。

「司機大哥，香格里拉大飯店。」

反正差旅費的差價她自己補。計程車司機熟練地駛出專用等車位。見夏戴上耳機，隨便選了網路歌單，播放列表裡面幾乎都是沒聽過的新歌、沒見過的新人，她不分好壞地聽，放空看著窗外。

又是下雨天。

過了一會兒覺得耳朵痛，她拔掉耳機，只聽車聲。後照鏡是萬能的，司機立刻發現她沒在聽歌了。

「來過南京嗎？」

「上學的時候來玩過一次。好多年前了。」

「都去哪裡玩過啊？」

見夏溫柔地笑了，「就那些景點，明孝陵、總統府、鼓樓、夫子廟、秦淮河……

南京很好。」

司機越是溫和識趣，她反而越想講話，像童話裡的樹洞，見夏忍不住想對著它大喊：國王長了驢耳朵！國王長了驢耳朵！

「和當時的男朋友一起。」

司機笑了，試了好幾遍才把四個字不結巴地講出來，「故地從遊、重遊。眞好，還可以花公家的錢出差。香格里拉哦，成功人士。」

對陌生人說實話是最容易的，「其實不想來出差。之前在公司站錯隊了，老闆要整人，只能過來低聲下氣補救一下，猜到一定會被公報私仇，總覺得低不下這個頭。但因爲是南京嘛，我可以告訴自己，我是來履行約定的，出差只是順便而已，這樣心裡就沒那麼彆扭了——之前的確和他約定過，十年以後，重新在南京見。」

司機嘖嘖讚嘆，說：「年輕人眞浪漫，十年，拍電影哦。」

「但早就沒聯繫了，沒約定是哪天，也沒約定在哪裡見。」

司機呆住了，徹底沒話接了。

半晌，結結巴巴地說：「那這個男的、這個男的不行，分了好。」

陳見夏自己笑出聲了，「是我對不起他。當時是我拉著他的手臂，一定要跟他約定，一定要他答應，好像只要那麼一說，心裡就舒坦了——我們還有未來，有承諾，我沒辜負他……光顧著感動自己了。司機大哥，我是不是很混蛋？」

亂拳打死計程車老司機，司機大哥已經被見夏弄昏頭，開始胡言亂語了：「感情嘛，很難講的，男女平等的，男孩談戀愛油嘴滑舌很能天花亂墜的，那女孩有點花招更沒什麼了……」

陳見夏像個惡作劇得逞的小孩，一刀一刀將自己藏了多年的心事隨隨便便在過路人面前劈個稀爛，竟有種自毀的快意。

她忽然說：「司機大哥，直接去夫子廟吧，我先不回飯店了。」

雨天，沒有搖櫓船，只有能搭幾十個客人的馬達遊船，陳見夏等船的中途接了好幾通來自媽媽的電話。

鄭玉清這些年的習慣是同一件事要分三次電話講，她神經衰弱，常常掛了電話又想起幾句毫無意義的補充叮囑，再掛了電話，越思考越不對，再打來第三通，質問陳見夏，妳剛才那是什麼態度?!

陳見夏這次只想給她一次機會。

「週末我回去一趟，爸的報告我已經轉給上海認識的朋友了，請他找別的專家幫忙看看，但大概專家說的也差不多，醫科大學附屬第一醫院不比上海很多醫院差，媽妳別著急，等我消息。」

鄭玉清不喜歡和女兒說話，女兒從不給她講話的機會，本來能一問一答多聊幾句，陳見夏總是成功預判全部問題，然後將答案羅列成一整段，把她堵得心口疼。

「我他媽多餘給妳打電話，忘恩負義、過河拆橋，怎麼不死在外面！」

陳見夏已經習慣了。和小時候相比，鄭玉清絮絮叨叨的殺傷力已經弱到戳不破她的厚臉皮。

非節、假日的下雨天，誰都想偷懶，售票處的男人厚著臉皮笑嘻嘻跟她說：「美女，船不開了，湊不齊人。」

陳見夏自以爲只是平平靜靜的一個眼神過去，對方嚇得忽然將探出來的半個身子縮回去，順帶關上了小窗。髒兮兮的小窗口再一次映照出陳見夏的臉：一張二十九歲的女人的臉，雖然因爲年少時也沒多少嬰兒肥，所以並沒有格外明顯的歲月痕跡，只是那雙眼睛，再也沒有一絲怯意的眼睛，流露著戒備又疲憊的神采，隨便一瞥，滿是隨時跟人拚個你死我活的冷酷。

她想起 Simon 說：「Jen，妳是一個強大的女人。」

不全是壞事呢，若是高中時候的陳見夏，怕是會在被欺負「沒人了不開船」時眨著眼睛，欲言又止，讓死皮賴臉的人再占幾句口頭便宜，調笑一番，最後還是坐不上船。

也可能不會被欺負，那時她身邊還站著人高馬大的李燃。她在蔭蔽下成長，漸變出這樣的眼神恐怕需要很多年。

等見夏回到香格里拉，已經下午四點半。其他同事集體住在另外的飯店，在臨時建立的南京宣傳演講新訊息群組中，約好下樓集合吃晚飯的時間和地點。大家點評的推薦連結洗版，陳見夏在遊船上哭腫了眼睛，實在沒心情應付，關掉了群組訊息提醒，隨便用卸妝棉抹了兩把臉便睡覺了。

就算是用故地重遊作足心理建設，她還是沒有辦法去迎合那幾位新上司。此前有3C部門的同事抱怨過他們讓下屬拚酒，而且是拚起來不要命的那種。Betty 尤其愛煽風點火，見夏想起宣傳演講會上她瞥向自己時似笑非笑的樣子，好像毛毛蟲趴在手臂上。

迷迷糊糊睡去，陳見夏夢見了李燃，她蜷在柔順的被子裡，李燃還是少年時的模樣，靠近她，吻她的耳朵。

夢裡的床沒有和少年時一樣吱呀作響，她也沒有放他離開。

醒過來時，天已經完全黑了。見夏眼睛半睜不睜的，自己也分不清是想延續夢境還是想讓自己神志清明起來。睡前忘記開空調暖氣，此刻露在外面的頭臉都涼涼的，她捲著被子蜷得更緊，念著夢裡殘存的少年的溫度，像一直拚命想擠回蛹中的蝴蝶，徒勞。

心口隱隱發痛，好像存了一口氣堵在那裡，揪扯得她無法呼吸。

陳見夏強迫自己爬起來，打開了房間裡的每一盞燈，包括窗台角落微弱到毫無用處的落地檯燈。她洗了個澡，一邊吹頭髮一邊看手機——眾人集合後群組裡就不再洗版，只是上傳了幾張吃飯時眾人的合影，每人面前都有一只小小的白酒分酒器和酒盅。

她又看見 Serena 的訊息，「Jen，我難受。」

陳見夏迅速吹乾頭髮，隨意用氣墊粉餅遮了遮瑕，坐上預約的計程車才從包包裡拿出淺豆沙色唇膏淺塗一層提亮氣色。她給 Serena 發了訊息說馬上到，Serena 沒回。

這群人已經轉移去了ＫＴＶ，害陳見夏中途修改了一次目的地。有了飯桌上的白酒打底，她推門走進包廂的時候，大包廂裡九成的人都已經醉了。

當然，她知道只是看上去如此。裡面有三個和供應商打交道的老手，酒量深不見底，現在只是順應氣氛借酒跟著起鬨而已。叫 Peter 的男同事招呼見夏坐自己身旁，他人比較本分，和見夏平時關係不錯。

「玩破冰遊戲呢，妳沒趕上，剛剛大家輪著講初夜。」

新人都到職兩、三個月了，還破個屁冰。Peter 正要給見夏補上她錯過的「精采」，包廂另一邊忽然傳來起鬨聲，見夏抬眼，看見 Serena 在和山羊鬍 David 喝交杯酒，一飲而盡，Serena 嗆得咳嗽，David 給她拍後背順氣，與其說是拍，不如說是撫摸。

Serena 臉紅彤彤的，已經被酒精卸下了防備，絲毫不見穿旗袍時的羞憤。眾人的起鬨聲和 Betty 有些慈愛的笑容，都讓她飄飄然，和在便利商店抓著她的手臂哀哀問著 Simon 會不會走的女生判若兩人。

她看見了見夏，不知道是不是故意，活潑地指著她大叫：「Jen 來啦！誰都不能放過她！」

然而，還沒等大家反應過來，Serena 自己便捂著嘴一扭頭跑出了包廂，恐怕是剛才那杯純的洋酒把她的胃刺激到了極限，喊完便撐不住了。陳見夏立刻起身追出去。

Serena 沒能忍到馬桶前，嘔吐物已經順著手指縫往下漏，滴在鞋面上。見夏一把將她拽到洗手檯，讓她對著水槽吐了個乾淨。

見夏不斷給她拍背，幫她攏著散落的長髮，從旁邊一張張拽著擦手紙遞過去，努力忽略站在門口的清潔阿姨冒火的目光。

見夏沒有再讓 Serena 進包廂門，自己走進去拿起兩個人的外套和包包，說：「我先送她回飯店了。」

「不用這樣吧，沙發上躺一會兒，就是喝太快了。」Betty 微笑著說，替山羊鬍解了圍。

趕在包廂裡其他混帳話冒出來之前，陳見夏說：「是喝太快了，可能急性酒精中毒了，情況不好的話，我帶她去醫院吊點滴，會在群組裡告訴你們。」

Peter 站起來說：「妳一個人帶不動，我陪妳去吧。」

「不用了，」見夏說，「畢竟她輪到在我這裡培訓，都怪我。」

陳見夏扶著 Serena 坐在路邊等，附近宵夜店和夜店眾多，預約的計程車司機都等著十點過後可以提高價錢，遲遲沒有人接單。女孩已經睡著了，髮間淡淡的柑橘香水味和呼吸間散發的酸腐酒氣混在一起，就像見夏此時混亂的心情。

她知道自己的最優選還是在這家公司繼續「苟活」下去。Peter 這類公司核心業務部門的人不是 Betty 等人敢動的，而且做銷售和供應鏈的本就機靈，新高階管理人員們最愛拿職能部門和後台開刀，比如陳見夏這種做數據分析的中階人員，隨時可以被替代。所以她低頭來了南京，但心性終究不成熟，半推半就，又躲著人，剛才還徹底攪了局，白來一場，甚至不如不來。

這樣想來，她竟然堂皇勸告 Simon 不要慌、忍住，眞是站著說話不腰疼。

正如 Simon 沒有告訴她和 Frank 協商失敗後要做逃兵，公司換主管的鬥爭已經持續了幾個月，陳見夏也早就作了「最優選」之外的準備，沒有與 Simon 商量過。

或許差不多該考慮別的路了。

Serena 已經人事不知，怕是問不出來她住在哪間房，也找不到房卡了。見夏擔心 David 等老色鬼從 KTV 回了飯店再趁機做些什麼，索性將 Serena 帶去了香格里拉，飯店大廳服務人員幫忙把她架回房間，放在了床邊的長沙發上。

陳見夏的母性還沒有強到幫她卸妝換衣擦洗的地步，只給她倒了溫水，用抱枕墊在她頸後，將擋在臉上的亂髮撥開，防止她窒息。

Peter 在群組裡問：「送到沒？報個平安。」

見夏正要回覆，媽媽的電話打了進來。她接起，沒有聽到往常一樣中氣十足的質問。

「小夏，睡了嗎？」

她溫柔虛弱得讓見夏有些慌，「正要睡，怎麼了？下午不是剛通過電話嗎？」

「媽睡不著。」

久久的，只有呼吸聲。鄭玉清在電話那端開始哭，半夜的陳見夏被遙遠的抽泣聲澆塌了防線。

「又開始頭痛了？」她柔聲問道。

「腦袋嗡嗡的，想撞牆。」

「按時吃藥了嗎？」

「吃了。不管用。」

見夏靜靜聽著鄭玉清在電話另一端嚎啕。她一年前開始犯病，中、西醫都看過，最後勉強確診了——一種折磨人但無從下手的病。見夏聽學醫的朋友說過，所有查不清楚病因的焦躁疼痛，診斷結果恐怕都是自律神經失調。

她會安慰 Serena，但怎麼都無法知道如何安慰親人。點到為止是沒有用的，親人要的是大量的廢話，說什麼不重要，他們索要的是時間和金錢，只有這兩樣東西，才能證明愛。

等媽媽終於平息，陳見夏鄭重地說：「我說我週末回去，是眞的會回去。」

雖然六年來時常在新加坡和國內往返，但眞要計算時間，她已經是常住在上海了。但見夏對鄭玉清的說辭始終保持一致——她大部分時間在新加坡，回國一趟不容易。

原本她留學項目的「服務期」就剩下一年沒完成，父母並不清楚細則，不知道只要是新加坡企業便滿足條件，更不知道她早就被外派回來了，還以爲女兒被釘在國外動彈不得，自然信了。

何況她一直往家裡匯錢。大學的時候每個月拿的 SM 項目生活費都能省下來一些寄回家，工作後更不必說，所以人回不回來，家人並不在意，陳見夏也樂得清靜。

這兩年不知怎麼的，忽然索要起了陪伴。

鄭玉清再次聽到陳見夏的承諾，放下了心，不哭了，說：「禮拜五晚上還是禮拜六啊？禮拜天就走啊？」

「不一定，我先回去再說。」

媽媽歡天喜地，又講了幾句，掛了電話。

Serena醒來時都快十點了，兩人沒說上幾句話她便匆匆離去，整個人還沒完全醒酒，晃晃蕩蕩走路都走不直，但爲了趕中午回上海的高鐵，必須回飯店收行李。

回程時她和見夏分別在兩個車廂——人資那邊新出了差旅費規定，定額報銷制度取消掉了，Serena只能去坐二等座。

陳見夏收到了她發來的訊息。她說聽Peter講了自己醉後失態都是Jen在照顧，還扛著比屍體還重的醉鬼回飯店，太丟臉了，眞是給妳添麻煩了。

有種微妙的客氣。

相比致謝，Serena似乎更想知道見夏將她帶走時是幾點，長官們喝盡興了沒有，她有沒有說什麼錯話，她走了是不是讓長官們臉上掛不住了……

見夏言簡意賅：「沒有。」

她訂了週五晚上的機票，直接把登機箱帶來了辦公室。臨下班前，執行長Jim那邊忽然直接給她打電話，讓她出一份本季度目前爲止包含所有存貨單位供貨管道和毛利率的數據，要紙本的，兩份，囑咐了好幾遍要她親自出，不要下面的人經手。

她隱隱覺得奇怪，但更多感到的是煩躁。臨下班忽然要搞這個，出完正好碰上去虹橋的地鐵最堵的時間。

搞定的時候他們這個區域只剩下 Serena 還在。陳見夏打電話確認了 Jim 在他二十樓的大辦公室裡，跑步去了影印間，將資料用帶著公司 logo 的白色 A 4 大信封裝好，以雙面膠封口，一看時間，再不走就要搭不上飛機了。

她將信封遞給了 Serena，「Jim 要的一些資料，妳幫我送過去吧。」

Serena 乖巧點頭，「現在嗎？我馬上就去！」

週五晚上航班緊湊，商務艙都是原價，沒法享福了。見夏緊趕慢趕終於在最後的登機廣播前上了飛機，竟然客滿，行李架上沒有位置可放登機箱了，她跟著空姐走完了幾乎大半個經濟艙，最後空姐說，我給您先放去商務艙吧，下飛機的時候您順道取下來。

或許是沒想到小小一只鋁合金登機箱那麼重，空姐舉箱子時失了手，還好陳見夏在旁邊一直虛扶著做準備，及時托住了，箱子沒完全砸下來。

左手腕刺骨地痛，她忍不住叫出聲。見夏緩了一會兒，嘗試動了動腕部和手指——骨頭應該沒事，只是扭到了，腕部連接處迅速腫起了一個青筋大包。

空姐嚇壞了，一個勁兒道歉，見夏苦笑，「我剛才應該幫妳一起舉的，我沒事。」

坐在商務艙第一排的女生戴著墨鏡、口罩，遮得嚴實，但從頭臉身材比例就能看得出應該是個美人。她站起來，扭過身，從墨鏡上方的空隙朝她們翻白眼，見夏無言以對，畢竟剛才箱子如果掉下來，可能會砸到人家，誰都會生氣。

「不好意思。」她向女孩致歉。

坐在第一排角落靠窗位的男人一直戴著耳機，直到漂亮女孩起身，才終於注意到這場小騷動，轉過了頭。

陳見夏左腕再次傳來尖銳的疼痛，一直連接到心裡去。

八個商務艙座位，和這兩個人斜對著的第二排剛好都空著，見夏爲了躲避他的目光，迅速坐進了靠窗內排，消失在他們視線的死角。

見夏定了定心神，用右手招呼空姐低頭，藉著機上的噪音對她耳語：「我要辦升等。」

順便展示了自己的手腕，上面那個鼓包越發明顯。空姐又忙不迭道歉，見夏笑笑，聲音壓得更低：「實在是痛，我坐在這裡緩一緩，妳幫我辦可以嗎？我會補全額差價，不是要拿手腕嚇唬妳。」

小空姐羞赧一笑，輕聲說：「不用，您坐，機票給我，我去找座艙長。」

於是她便坐著了，彷彿自己從一開始便是商務艙的乘客。

是他嗎？未免太巧了，是看錯了，一晃眼，太慌了而已。一定是看錯了。

和旁邊那個漂亮女孩是一起的嗎？是女朋友嗎？

他也從上海飛？他之前在上海？

見夏自己也說不清她留在這裡究竟是想做什麼。

彷彿老天故意捉弄一般，飛機遇到流量控管，遲遲不起飛。弄掉行李的小空姐回經濟艙去做安全檢查了，商務艙的座艙長例行與每位乘客打招呼通報航班的情況，給他們加水，拿毯子。

見夏很努力想要聽清座艙長對視線死角那個位置的男人說了什麼，開頭一定是「某先生您好」。會姓李嗎？會是他嗎？

恍惚中座艙長已經走到了她面前，半蹲下說：「陳小姐您好，剛才眞的非常不好意思，我們已經聯絡過航空公司給您辦理免費升等，離起飛還有一段時間，您看您要喝些什麼，柳橙汁、礦泉水、咖啡……」

座艙長見她神色不對，問道：「您的手還好吧？」

很疼，但很好，她感謝這隻手，給她這一臉驚慌找了充足的藉口。

「我沒事，眞的沒事。」她搖搖頭。

「您太體諒我們了，眞是不好意思。」

陳見夏問自己，坐在這裡做什麼呢？是想著萬一是他，能假裝偶遇、講幾句客套話？還是起身拿行李時讓他知道，她陳見夏也混得很好，他們都是商務艙的乘客？

實在太可笑了。

她的確傷了手，升等是應該的，有便宜不占王八蛋，慌什麼，陳見夏妳慌什麼。

Simon 在新的管理培訓生到職時對 Serena 說起過，恭喜妳輪值到 Jen 的部門，她帶出來的人，都非常……鎮定。

Simon 的用詞總是很奇怪，或許因爲不夠熟練，反而有種直覺的準確，比如誇獎女歌手的聲音有風塵氣，比如說 Jen 的優點是鎮定。Jen 不黨不群，和同事都淡淡的，Jen 不在乎和一個男人有沒有承諾與未來，也能面無表情聽完自律神經紊亂的母親長達十幾分鐘的髒話痛斥。

但她不是 Jen，無情無感地看著小女孩坐在靠窗位置上拍照片的 Jen，輕描淡寫地說我第一次坐飛機覺得山脈像鐵罐餅乾的 Jen。

她只是陳見夏。

「李燃，你看下面那座山，像不像奶油餅乾？」

「傻子，」李燃懶洋洋地探身過去，忽然睜大了眼睛，「還眞有點像欸！」

那是從南京返程，他們第一次一起坐飛機。

飛機終於進入平穩飛行，安全帶指示燈滅掉了，陳見夏起身，小心扶著自己的左手，回到了經濟艙。

# 六十三 · 鳳尾

飛機終於結束滑行，果然是要乘接駁車的。機場的棧橋機位很搶手，大部分情況都要乘接駁車。

十一月的省城，凜冬已至，隔著窗，能看見風的形狀。

陳見夏坐著沒動，刻意等到經濟艙最後幾排的人都快走完，才背起包包離開。走到商務艙的位置，她用右手打開行李架——居然是空的。

空姐連忙走過來，從第一排的空位將她的行李推了過來，「已經幫您拿下來了，您怎麼……客艙服務的時候發現您沒坐在這兒。」

見夏笑笑沒說話。空姐沒急著請她下飛機，因爲第一輛接駁車客滿了，很多人都站在寒風中等第二輛。

「手沒事吧？」

「骨頭沒事，回家敷一下。箱子太重了。」

「剛剛我們開行李架的時候，還是一位先生主動幫我們提下來的，怕我們再失手。」

見夏愣了愣，「是……是坐在這裡的那位嗎？」她指了指第一排最右靠窗的位置。

「您認識？」空姐明顯有些忍不住，知道不該，卻還是雙眼亮晶晶地八卦起來，「那位先生剛才也問，坐在後排的客人去哪裡了。」

見夏怔忡時，又聽見她說：「他還問，您的手沒事吧？」

年近三十的陳見夏，驀然臉紅，像高一時被同桌余周周調侃後無力反駁的少女。

走出機艙，陳見夏瑟縮著，辨別夜色下乘客們的背影，忽然一陣狂風暴起，她去北京出差時穿的薄款羽絨衣像破爛不堪的漁網般，被眞正的北風穿了個透。陳見夏驚醒。

專門接商務艙乘客的土黃色中巴士早就已經開走了。而且，如果那人眞的是李燃，李燃也眞的想見她，爲什麼只是把行李箱搬下來，直接坐在位置上等她不就好了？

如果北風有靈，這時恐怕正在笑她，否則無法解釋她何必因爲無人知曉的心念一動而如此羞恥難堪。

等接駁車的時候，見夏已經快凍透了。

以前從來沒覺得省城的機場是這樣小。記憶中，熙熙攘攘的出境大廳，幾十個辦票窗口一個挨著一個，好壯觀——後來去了很多別的機場，才知道，大機場是會明確劃分各大航空公司辦票區域的。

當年爸爸帶著她，兩人一起對著螢幕上密密麻麻的訊息，尋找每個航空公司對應的辦票窗口。爸爸擠到前面詢問，差點被人當成是插隊的，其實他只是確認一下他們沒有排錯隊罷了。

當時媽媽留在家裡陪弟弟備考，他自然也想來，但初中畢業考試複習一天耽誤不得，權衡再三，爸爸發了話，他一個人去送就好，孩子放假又不是不回家了！

沒想到竟眞的沒回過家。去程的機票是報銷的，放假探親可沒人管，國際航班往返一趟對普通家庭來說是要命的，家裡給小偉疏通去縣一中要繳錢攀關係和花學費，爸爸生病需要錢，小偉退學去讀航運專業需要錢，往部門塞人需要錢……手頭總是緊巴巴的。見夏待在四季長夏的地方，漸漸也沒了寒暑節氣的儀式感，一晃眼，四年就過去了。

和家的連結，在這四年裡，徹底被撕斷了。

好像也沒那麼想家，那便不回了，反正也不是我的錯，反正，沒有一個人說，小夏，爸爸媽媽想妳。

沒有理由回去。

畢業求職時，她在這家公司走到了最終面試。它對大中華區管理培訓生最具吸引力的條件是，不定期派送員工去新加坡或美國，很多人拿著工作簽證出國，時間一長便留下了。這也是Frank的聰明之處，赴美員工普遍勤勞，成本低，工作簽證又極大提高了員工忠誠度。

然而陳見夏本人就在新加坡，吸引她的恰恰相反：面試時，「雞肉叻沙」財務長詢問她，我們正在積極拓展大中華區業務，妳的背景很適合被派駐回國內，妳會不會因此有顧慮？

陳見夏表面矜持了一下，說自己在同時考慮幾家公司，這一矜持，最終拿到的offer薪水便又漲了一些。其實內心深處，她早已因爲這個可能的派駐而完全傾倒。

她自己都不肯承認她發瘋一般地想回家，不願再做異鄉人。雖然北京、上海哪裡都不是她的家，但她想念國內的街頭，想念字正腔圓的中文，想念有冬天的地方，想融入人海，安全地成爲其中面目模糊的一滴水，想一口吃的，想念一種氣息……

比如此刻冷風吹進身體，凜冽的鐵鏽味道。

她其實一直在等一個回家的理由。但從來沒有任何一個人呼喚過她，他們彷彿都在說，不是妳自己要走的嗎？當初不是即使做個撒謊虛僞、自以爲是的逃兵都要瘋狂逃離嗎？妳就是回不來，同學聚會和公司年會的時間衝突、家人生病的時間和省內提名備案的時間衝突……

人可以和土地結仇，土地也是會報復人的。

土地睚眥必報。

包括老家在內的幾個鄰近縣城，幾年前被正式劃爲省城新區，所有人都歡天喜地地失去了故鄉。陳見夏家盼著拆遷，但北方最不缺的就是土地，縣城老城區維持原狀，曾經一片荒蕪的公路旁平地起高樓，學校、區政府統統轉移，盼望無果，他們家便將新房買在了省城與縣城之間的新開發區。

計程車司機冬天夜裡攬客不容易，聽到陳見夏報的地址距離機場很近，比跑進市區少了三十多元，立刻低聲罵了句髒話。

他發動車子，卻不按錶，見夏知道，恐怕是要開上路再跟她要個「一口價」。他的手機一直開著直播，司機在聊天群組裡指桑罵槐，句句不離髒話。陳見夏不聲不響地撥通了電話，對客服人員說：「你聽。」

司機不敢罵了，說：「妹子，什麼意思啊？」

「駕駛座背後貼著的塑膠牌上有投訴電話啊，我正打著呢，副駕駛座前面的牌照我也拍下來了，家人在樓下等著接我，客服人員也等著我報車牌號碼呢，大哥，還不按錶啊？」

陳見夏語氣柔柔的，像在跟他商量似的。司機立刻按了錶，說：「妳把電話掛了，掛了，聽話啊，掛了，何必弄成這樣。」

「可不是嘛，」她也笑，「何必呢。」

省城的行事風格還是一樣剽悍，乘客要嘛吃啞巴虧要嘛直接嚷嚷起來，司機明知道公司貼了個投訴電話在自己腦袋後面，但從來沒見人真的會打。

車停在社區裡，司機抬了抬屁股，不想下車去幫她提行李，陳見夏也沒爭辯，自己取了，小心翼翼，沒有觸碰到左手。

計程車掉頭時司機搖下車窗對她喊：「妹子，大晚上的，妳也就是碰見我，要是碰見個蠻橫的，人家不跟妳在這扯這些，開車的沒幾個脾氣好的，真惹急了往馬路邊一衝，同歸於盡，不值得。」

荒誕得像持刀劫匪在給路人佈道，要他們愛惜生命。

但陳見夏不得不承認，他講得「很有道理」。於是她點點頭，說：「嗯。」

司機來了興致，臨走前踩一腳油門，還加了一句：「不是說妳家人在樓下接妳嗎？人呢？」

車都開走許久了，小偉才從大門跑出來，邊跑邊喊：「這門早壞了，物業公司也不來修，沒卡也能進來，妳自己進來就好！」

「我不是給你發訊息說五分鐘後我到樓下嗎？」

「我哪知道妳說五分鐘就眞五分鐘啊？」

小偉只披了個外套，還穿著棉拖鞋，被風吹得直縮脖子，「箱子給我吧。妳這箱子自己推不就行了，非讓我下來一趟，又不是沒電梯。」

陳見夏不想一見面就和他吵架，自己平息了火氣，緩緩道：「晚上坐車不安全，家裡有人接，司機能安分點。」

小偉忽然轉頭，「姐，給我買個車，我接妳，最安全！」

見夏微笑，小偉也笑，笑了一會兒他自己找台階下，「跟妳開玩笑呢，怎麼那麼沒幽默感呢！趕緊走吧冷死了！」

大廳空空蕩蕩的，竟然還是毛坯屋狀態，小偉跺了好幾次腳，感應燈都不亮，他邊罵娘邊解釋：「正跟物業公司吵架呢，當時這幾棟都算地主戶，說了好幾年，還是不裝，電梯裡面防撞的泡沫塑膠也不給拆，燈泡還他媽壞了，這幫王八蛋。」

見夏要伸手去按電梯，被小偉攔住，他從褲子口袋裡拿出一串鑰匙，用鑰匙頭去按鍵，「都是灰，很髒，別用手碰。」

陳見夏一直不講話，她告訴自己，不要愧疚。

新開發區的房子不貴，一百二十平方公尺的三房大樓到手價七十多萬，房子的頭期款全是陳見夏給的，貸款也是她在還，房子卻是他們自己挑的。看房、交房、裝修她半點都沒參與，就算被坑了也好過縣城那個需要爬樓梯的舊公寓，這一切不是她的錯，不是她的錯，不是她的錯。

但一股酸意還是湧上鼻尖。她穿著租來的 Dior 小黑裙陪同 Frank 等人在外灘出席酒會、看燈光秀的時候，她的家人一直在這個空曠的水泥大廳裡跺著腳，等一盞微弱的燈亮起。

他們站在電梯裡，小偉還凍得直跺腳，問：「妳有工夫等我怎麼不自己先上樓？」

因爲樓下太暗，我看不清三棟大樓門上的門牌，不知道應該進哪一個——甚至在機場試圖上網叫車的時候，輸入的地址也是我緊急從淘寶地址紀錄裡翻出來後複製貼上的，因爲這是我第三次走進這個新家……

因爲我忘了我家在哪裡。

但陳見夏什麼都沒有說。

不料小偉一記直球正面直擊，「我還以爲妳找不著家門了呢。」

陳見夏笑了，「你屁話怎麼那麼多。」

電梯停在十二樓，小偉也沒有禮讓她的意思，嘻嘻哈哈推著箱子搶在前面，正好跟陳見夏撞在一起，見夏一路小心護著的左手碰在門邊，疼得她眼淚瞬間飆出來，弟弟渾然不覺，已經拿出鑰匙去開門了。

眼淚到底還是派上了用場，鄭玉清第一眼看見的就是女兒在哭，這個女兒終究不是鐵石心腸啊——於是她也哭了，奔過來，母女倆坐在換鞋凳上對著哭，哭得小偉一臉迷惑。

陳見夏一開始是被痛哭的，但看見鄭玉清花白的頭髮和被歲月拽得拉下來的眼皮，剛在毛坯大廳衝進她身體的酸楚和愧疚到底還是瀰漫開來，逆勢衝出她的眼眶，熱淚一滴滴掉得那麼急。

血緣這種東西真是噁心啊，控人心神。她想著，哭得更兇了。

終於平息的時候，小偉已經坐在沙發上打了一局遊戲。

「爸睡了？」見夏問。

「這幾天託人給他開了點鎮靜安眠藥，能睡得踏實一點。不睡覺沒精神，且有得熬呢，人家醫生跟我們說，最好還是移植，可不知道排到什麼時候呢，還是先正常治療，每個禮拜該去醫院照樣去，有個盼望。這病能不能熬得到配對成功，還是看他的精神。家屬也要有信心。」

見夏不說話。肝移植要排隊配對，也不是不能「插隊」，但她沒這個本事和能力。

「什麼味道啊？」見夏吸吸鼻子，「好怪的味道，妳做什麼了？」

「應該是煮好了，」鄭玉清連忙起身，「妳大姑告訴我一個偏方，洋蔥煮水，護肝的。」

媽媽趿拉著拖鞋往廚房跑，小偉盯著手機螢幕冷笑一聲，「姐，妳別管，他們愛信什麼就信什麼，我都說了，沒有用。讓她煮吧，噁心，我聞著就想吐。」

房間裡不只有洋蔥煮水的怪味，也有一股十分明顯的老人味：藥、樟腦、腐朽。

陳見夏一邊換鞋一邊打量客廳的陳設，竟有幾分懷念——不論房子變成幾房幾廳、最初裝修成什麼風格，只要日子過起來，餐桌和茶几上便會自動生長出塑膠墊，沙發也會增生出牡丹大花防塵罩，好像還是小時候的家。

三房一廳，一間臥室朝北，格局原本應該是個小書房，硬是打了個靠牆衣櫃，又塞了張一點二公尺的床，陳見夏輾轉挪移半天，終於放棄了給行李箱尋找立足之地，自己則坐到床中央換衣服。

人世間好多事說不清對錯。

買房子的時候，媽媽說：「女兒才上班一年，哪來那麼多錢，兩房兩廳的夠了，她在外面有大發展，反正又不回來住。」

母女積怨太深，她又離家太早，話是沒錯，但從鄭玉清嘴裡講出來，就是不對勁。

陳見夏在電話裡回道：「那我萬一回去呢？睡哪裡？睡沙發？」

女兒到底是大金主，有底氣了。見夏從氣息聲就能聽出來媽媽怒得徹底，居然忍住了沒有破口大罵，爸爸及時接過話，說：「沒差幾個錢，小夏有這份心，那就三房兩廳，她過年總要回來吧？以後帶男朋友回來會親家，都沒有個住的地方，像什麼話？差的那十平方公尺的錢，我們家也不是沒積蓄。」

爸爸的話只是讓她舒坦了點，彷彿家裡還有她的地位，還給她留了一個縫隙。但他們都知道，這「第三間」臥室，未來一定是預留給弟弟成家後的兒童房，是她親侄兒的。

她這次衝動也讓自己從此失去了抱怨的資格，有次電話裡媽媽提到給弟弟找編制外的工作需要點錢，家裡存的定期存款還差幾天拿不出來，讓她先匯過來一萬元應個急，之後再還給她——但往往都沒有「之後」了。見夏在公司剛開完會，也在氣頭上，順嘴提了句，既然手頭那麼緊，當初何必買那麼大的房子？

媽媽立刻抓住舊事興風作浪，「是誰非要給自己留一間的？還不是爲了妳？妳把帳算我頭上？那間屋子就是妳的，沒人惦記，陳見夏我們早就當白養妳了！」

「那就別讓我出錢，別朝我要一分錢，以後也別給我打電話！」她咬著牙，一個字一個字往外蹦，「你們養我十八年，這套房子我還清楚了，還得比妳養我花得多！」

掛了電話不久，Simon 來找她對數據，十萬火急，她跑回辦公區域拿電腦，又跟著他跑進中型會議室，兩個人一起將剛上線的家化、非直營服裝鞋包、圖書等幾大品項在一季度內的表現做了一番「包裝」，拿去給 Frank 做報告，說服他大中華區不能只做 3C 數位家電，競爭對手們的觸角早已伸向包括生鮮食品在內的各種領域……

那是二十五歲的陳見夏，電話掛了便掛了，心裡沒有一絲印跡，趴在高中宿舍課桌上哭一整夜那種事，再也不會有了。

房子到底應該買大點的還是小點的？那口氣到底該不該爭？二十九歲的陳見夏看著主臥室大床上安然熟睡的父親，餐桌上佝僂著後背、小心吹著滾燙洋蔥水的母親，她的手腕又開始痛，蓄謀給眼淚一個掉下來的理由。

夜裡暖氣燒得太熱，見夏已經有些不適應，喉頭冒火。她走出房間去客廳拿水，看見媽媽一個人坐在沙發上，沒有開燈，電視也關靜音，色彩反射在一張漠然的臉上。

「媽？」

「小夏，怎麼起來了？是不是那枕頭不舒服？我聽說你們年輕人都不睡蕎麥枕的了，但是蕎麥枕對頸椎好……」

「我起來喝口水。妳睡不著？頭痛嗎？」自律神經失調是非常難纏的病。

「我打坐。入定了頭就不痛了。」

「妳信佛了？」

「就是每個禮拜跟著上師讀一讀經，平日主要靠自己修，有放生就參加一下，對妳爸爸的病好。」

見夏有千言萬語，什麼上師？什麼班？收不收費？是不是總集資辦放生和點長明燈？是不是那種用佛教騙人的……

但即便是，他們至少肯騙鄭玉清，讓她在無眠無盡的漫長黑夜裡，有一件事情可以做。她有什麼資格問東問西，卽使是騙子，騙子替她愛了媽媽。

陳見夏只說：「滿好的。那妳繼續打坐。」

「快去睡吧。」鄭玉清勸她。

「我陪妳坐一會兒。」

「打坐不用人陪。」

「那我就坐在這裡，妳不用管我，妳入定了不就看不見我了。」

鄭玉清無奈，重新擺好打坐姿勢，陳見夏只是靜靜坐在沙發轉角處，歪躺著看電視，深夜的地方台正在請老專家講養生，然而因爲關靜音了，畫面裡的人越是激動誇張，在畫面外看的效果越是荒誕詭異。

客廳角落擺著一個小型水族箱，和電視一起發出幽藍的光，裡面養著孔雀魚，更常見的名字叫鳳尾。

見夏上次回家是在九個月前，爸爸病情惡化，她終於倔不下去了，回家過年。她和鄭玉清在電話裡吵過的架太多了，甫一見面，竟說不清到底該先算哪一筆，還是爸爸做和事佬岔開話題，問她：「小夏，認識這是什麼魚嗎？」

他給她講，野外的鳳尾魚會洄游，春夏之交，從大海游回淡水河產卵。魚都去大海了，每年還是要從入海口游回到出生的地方再生下一代……

見夏歪著頭，又是這種「見物識人」、「小故事大道理」。她不等爸爸講完，便把能猜到的中心思想一股腦說了出來：「這說明什麼呢，說明人總歸還是要回家的？人總歸還是要早點生孩子？人總歸還是要早點回家生孩子？」
小偉在一旁聽得愣了，繞不明白。爸爸卻一笑，他沒有正視陳見夏的挑釁，拍了拍她的肩膀。
「什麼都不說明。就是告訴妳，家裡養了這種魚，江邊那個花鳥魚市場買的，賣魚的說好養又漂亮，我跟妳講講，妳聽一聽，就沒了，爸媽想跟妳嘮叨家常話，不是想拿魚跟妳講道理，妳都這麼大了，何況我也不知道妳是哪種魚，我女兒可能是條鯊魚。」
陳見夏沒忍住，笑了。
「小夏，好多事，我們沒那麼多別的意思，就是一家四口，正常過個日子，以前的事，都過去吧。來，妳跟妳媽乾一杯，我不能喝酒，我拿水代替。」
「這是我跟媽的事。」見夏紅了眼眶，杯子裡倒滿啤酒，敬了鄭玉清，也沒說什麼祝酒詞，自己乾了。
「還是那個死德行。」鄭玉清也想乾掉，喝了一半嗆到了，大家都笑了，好像曾經的一切齟齬真的都過去了。
「都過去了」是一句廢話，線性的時間上一切的確早已過去，但是什麼讓其樂融融的年夜飯之後，陳見夏和鄭玉清的每通電話依然滿是火藥味？過往的傷痛像凜冽的北風，不斷迴旋，而她與家人之間的嫌隙實在太多了，漏洞百出，不是一杯啤酒、幾條鳳尾魚能夠堵得住的。

陳見夏盯著魚缸，又轉頭去看一動也不動的鄭玉清，想起她夜裡用虛弱的語氣說：「小夏，我頭痛，我睡不著。」

那一天 Serena 在她飯店沙發上醉得不省人事，她隔著電話陪伴睡不著的鄭玉清，鄭玉清講了許多許多話，語氣是軟軟的，邏輯是混亂的，但她唸叨的許多事，見夏都聽進了心裡。

鄭玉清說：「挺大一個女兒，我從小養大的，怎麼出個國就不認我了呢？」——她根本不明白見夏恨她什麼，那種細細綿綿天長日久的累積，她不懂。

鄭玉清說：「妳爸好不容易出院，其實就是等死，每個月再往醫院跑，妳爸頭痛、肋骨痛、腿脹得站不起來了，妳看見過他的肝嗎？那 CT 圖我看都不敢看，三分之一纖維化，脹得跟個鳳梨似的上面都是刺……我們都不會用手機叫車，還得走到社區門口攔計程車，這幫混帳計程車，半路還攬客拼車，整頓這麼多年都整頓不好，要是小偉有個車……年紀大了家裡不能沒有車啊。」

鄭玉清說：「人家都問我家女兒是不是不回來了？養個外國人，有出息是有出息了，那不也跟妳沒關係了嗎？妳小時候還怨我們生了小偉，妳爸說妳天生就是往外走的命，那妳還怨什麼，妳能帶著我們走嗎？我不生小偉，我現在靠誰？我去醫院誰幫我拿著病歷卡，誰幫我跑下四樓去繳費？陳見夏，妳是心裡有結嗎？妳就是躲清靜！」

見夏什麼都沒反駁，破天荒的。她以前動不動就把房子頭期款和還貸款、爸爸的進口標靶藥費用拿出來說，堵得鄭玉清七竅生煙，但那一次，她無力抵抗一個病發時胡言亂語的柔弱母親。

何況有些話，不在氣頭上聽，也未嘗沒道理。

陳見夏定定盯著那缸鳳尾魚，在沙發上陪了媽媽一夜，直到天色微亮，才迷迷糊糊地蜷縮著睡著了。

第二天早上，鄭玉清在廚房煮粥炸饅頭片，陳見夏問起小偉那一缸鳳尾魚。

「被人騙了，說不用怎麼管就好養，這都不知道是死了第幾批又換新的了！」小偉坐在沙發上邊打遊戲邊說：「爸你也是，你換個魚養吧，好幾年了，非養這種，再死我可不給牠們撈了，乾脆別養了，養條鯉魚得了，養煩了還能燉了吃。」

是嗎？見夏盯著魚缸很久很久，想起小時候爸爸在媽媽明目張膽地偏心時看著報紙漠不關心的樣子，想起鄭玉清用香格里拉的梳子砸她的頭，罵她以後是不是要去做雞，又想起蒼老的父親溫柔地說，就想跟妳嘮叨養魚這種家常話，還有媽媽哭著打給她——小夏，我睡不著。

父母生命力旺盛時裝看不見她，生命力衰弱的時候，想跟她將過往一筆勾銷。

死了養，養了再死，死了再養，家就是那只夜光魚缸，因爲魚缸在那裡，所以才一直有魚。

她轉頭問小偉：「你駕照什麼時候考的？」

這是唯一能讓小偉放下手機的話題，他從沙發另一端幾乎是滾了過來，「姐，我都拿四年了，上過路，以前跟我朋友他們去雙龍山自駕遊，高速公路我們都換著開！」

那就不用花時間練車了，見夏想。

「十萬以內。你別想著瞎比較，最好買方便在醫院附近有空位就能停的小型車，不是給你開著玩的，是讓你有急事的時候送爸媽的，其他時候你愛怎麼開怎麼開，反正每個月養車費你自己付，行照寫我的名字，敢胡鬧我立刻賣掉。」

小偉平時嘴上口無遮攔的，涉及他眞正關心的事，終於開始思考了。見夏提的條件自然是有許多不合他心意的——預算卡得太死，斷了好牌子大SUV的路，但一轉念，他又高興起來了。

「姐，哈弗吧，國產的，十萬左右，還是SUV！」

見夏嘆氣，閉著眼睛壓著火氣，說：「不是不行。今天就去看車，反正那些4S店不都在一條街上嗎？多看幾家，我跟你一起去。」

見夏餘光看到媽媽幾次從廚房那邊探頭聽他們說話。

早上飯桌上其樂融融。見夏媽媽喜孜孜地告訴爸爸：「小夏爲了我們來去醫院方便，要給小偉挑輛車，孩子工作那麼忙，就回來一個週末，還得讓她跑這些，小偉就是不懂事。」

小偉眞的長大了，不因爲媽媽誇姐姐而頂嘴，分得淸什麼時候該閉嘴，占實實在在的便宜。

見夏爸爸比過年的時候更虛弱了一點，但面色還是紅潤的，不仔細看，看不出生病的樣子，睡了一個飽覺，精神狀態果然不錯。他抬眼看了看見夏，似乎想客氣兩句，似乎心疼不忍，又沒這個底氣，於是低頭去喝粥。

陳見夏覺得自己終於回家了。

她找到了在這個家中存在的意義，並終於認可了這種意義，再荒誕也不想掙扎了。

# 六十四 ◆ 若妳碰到他

陳見夏只想快刀斬亂麻，希望自己還在家期間就徹底定下來品牌和車型，不想等離開之後小偉再改主意，挑三揀四加預算，最後躲在媽媽後面讓鄭玉清對她電話轟炸。

小偉被突如其來的快樂沖昏了頭腦，也沒有使什麼心眼，的確是挑著預算內的品牌逛，即便偶爾會對超預算的車流露出喜愛，業務員也能迅速捕捉到，舌燦蓮花後發現眞正的金主抱著手臂冷著臉無動於衷，終於作罷。

中午吃飯的時候他們討論了幾家車的優劣，下午又去重新談了一輪價格和配件、貸款條件等，最終選定了一款，比預算超過了六千元，頭期款後有兩年無息貸款，但需要車主陳見夏跟著去指定銀行辦一張專門還貸款的信用卡，見夏已經累得神色懨懨。

她回來的時候，小偉坐在沙發上，旁邊摟著個和他年紀差不多的女孩，兩人站起來，小偉說：「姐，這是我女朋友，叫郎羽菲。」

見夏聽媽媽提過，小偉最近交的女朋友是打遊戲認識的，原本在鄰市附屬的一個縣裡做護士，爲他跑來了省城，輾轉求人在醫科大學附屬第一醫院找了份櫃檯輪值的工作，工資降了三分之一，但工作關係還依附在老家。這是計畫著要跟小偉結婚的，鄭玉清愁得一個頭兩個大。
她不想要小偉找外縣市的鄉下人，他們現在的戶口是省城的了，女孩家裡還有弟弟，以後還指不定怎麼吸血幫扶娘家——鄭玉清唸叨這些的時候，全然忘記了自家也有一對姐弟。
「姐、姐姐好。」女孩本來正在嚼口香糖，沒想到見夏回來得突然，差點沒嚥下去。見夏反而因爲她這一瞬的窘迫，第一印象有了好感。
「你們先坐，我去把手續辦完。」
「辦手續不得我跟妳一起嗎？」小偉趕緊跟過來，小聲對見夏說：「姐，妳別跟她說這車不是我的名字，好嗎？」
陳見夏迅速明白過來，嘆口氣，說：「我不會多嘴，給你開就給你開，車這個東西是拿來用的，誰用就是誰的。但你也別總用這些虛假的東西欺騙別人，我們家裡是什麼情況就是什麼情況，爸媽身體也不好，你別到最後吹牛吹大了吃不完兜著走，眞到結婚那一步，還想怎麼瞞？」
「我瞞她什麼了？我們家的情況她都知道。」
「那她知道房契上的名字也是我嗎？」
小偉臉上面子掛不住了，張了張口，忍住沒講什麼。但見夏知道他想講什麼——妳又不回來，那最後不還是我的嗎？
陳見夏不得不承認事實就是如此，她可以默許這一切發生，以報恩和愛的名義，但卻絕對不允許弟弟清晰地講出口，她不允許他們甚至在檯面上都拿她當蠢貨來敘述。

全辦完了，車輛管理所那邊辦理牌照的事情，4S店收了三百元跑腿費，只需要身分證複印件，不需要見夏本人再出面，小偉可以做戲做全套了。

他跑向女朋友，「三天後拿車！」

轉頭又說：「姐，我定下來了，我聽話吧，不敗家吧？」

德行。在郎羽菲面前，陳見夏給他面子做足。

一對小情侶走在前面，嘰嘰喳喳的，偶爾幾句話也會迎風漏到見夏耳邊：那你姐以後是不是就是新加坡人了？你姐好有氣質，我上學的時候就想當這種女強人，我能走得最遠的就是省城了，你姐一看就是賺大錢以後能走更遠的人……

女孩的恭維裡不全然是天真羨慕，她對小偉家境的了解恐怕比小偉自以為的多許多，話是說給陳見夏聽的，願她好，願她有錢，願她離他們遠遠的。

見夏失笑。小偉忽然指著隔壁那家豪車店，說：「姐，我想去那邊看一眼！」

「去吧，你們去吧，我去叫車回家了。」

「一起去，」小偉朝她擠擠眼睛，「我們三個人裡面就妳像能買得起的，妳給我們壯膽，要不然店員都狗眼看人低，我們假裝是妳的跟班，陪妳挑車的！」

陳見夏一身駝色羊絨大衣，是前年買的Max Mara——假的，從公司同事推薦的高仿社團那裡買的。LV的羊絨圍巾倒是眞的，Simon送的聖誕禮物，她也回送了一雙日本潮牌跑鞋。

兩個小天真根本不知道，陳見夏這一身，擺明了是高級打工仔，和能買幾百萬跑車的有錢人之間的距離，賣車的社會小人精一眼就能丈量出來。

但她還是陪他們去了，在外面混了那麼多年，錢包不鼓，臉皮是真的厚。有次去北京出差，在金寶街遇上下雨，她隨手推開了一扇門，展示廳裡赫然擺著兩輛奧斯頓・馬丁，見夏對店員坦然微笑，「我躲雨。」

店員也點點頭，說：「沒關係，您坐。」

許多品牌沒有在省城專門開店，滋養了這類頂級豪車店，很多有錢人都透過這些店的管道訂車和交易二手車。小偉退去了一點點進門前的緊張，四處逛得起勁，店員雖然沒上來打擾，但很有眼力，狀似無意地全程跟隨，好像生怕這個來歷不明的人弄壞後照鏡。見夏看得出來，小偉很想拉開某輛車門坐進去感受感受，就像在剛才大部分店裡一樣。

但不敢。

人對財富和權勢有天生的畏懼，不需要額外施壓，它們的傲慢常常是下位者用主動仰望賦予的。

陳見夏戴著墨鏡蹺著二郎腿坐在沙發上，她沒有硬撐，只是因爲一天的奔波而疲累，冷漠反而令她看上去像一個守株待兔來抓老公給小情人買車的大太太，無人敢來侵擾。

墨鏡後的眼睛漸漸合上了。前一天晚上幾乎沒怎麼睡，她拚命抵抗睏意，從口袋裡拿出手機準備給小偉打電話，提議讓小情侶單獨約會吃晚飯，自己要回去補覺了。

服務台那邊忽然傳來女人的尖叫聲。

見夏回頭，看到郎羽菲和另一個女生。女生在尖叫，郎羽菲是道歉的那個。

她一下子清醒了，連忙起身，但因爲高跟靴而搖晃了一下，本能地用左手撐了沙發。

昨晚偷偷貼了膏藥緩解了一些，這一撐，陳見夏差點痛到去陰間報到。她唇色發白，緩了緩，踉踉蹌蹌起身，突然一隻手扶住了她的手臂。

見夏本能地說了聲謝謝，側過臉去看好心人。

這一次，李燃清晰地出現在了視野中。

隔著墨鏡片，昏暗的，挺拔的，好像少年一直一直站在陳見夏宿舍大樓前的黑夜裡，從未離開。

他沒看她，但抓著她手臂的手微微施力，始終不鬆開。他們像魚缸裡兩尾沉默的魚，外面的世界沸騰熱鬧，吵作一團，與己無關。

「李燃。」她輕聲說。

「妳的手，去醫院了嗎？」他問。

墨鏡到底還是太短了啊，陳見夏想，上一秒她還感謝它擋住了自己卑微可憐的思念，恨不能在臉上紋一副半永久的，從此再不取下來；下一秒，眼淚淌下來，突破了墨鏡的防禦區，什麼都掩蓋不了。

「有急事，我得過去一趟。」

她匆匆用袖子抹了一把下巴的淚水，暗自期待他沒看到，從他手中掙脫後，急急地朝鬧劇現場走過去。

事情很簡單：郎羽菲一轉身，撞在了背後的女孩身上，手裡的奶茶灑了幾滴在女孩的外套上。

陳見夏看著小套裝邊緣那一串串小珍珠，心中暗道不妙。不是香奈兒就是迪奧。最好的結果是對方接受乾洗。

但如果不呢？哪種辦法能讓她接受乾洗？辦法一，態度先軟一點，立刻認錯、承諾會送去奢侈品保養店；辦法二，態度強硬，將責任歸於對方，畢竟是對方人貼人跟著郎羽菲在先，出意外也難免，吵一架，吵完了再各退半步，答應送乾洗，皆大歡喜。

軟的硬的，應該先用哪種辦法？怎麼辦？

陳見夏動著腦筋，最要緊的是看人下決定——不看不要緊，她赫然發現，這個戴著黑色口罩的女孩，似乎就是昨天在飛機商務艙見過的女孩。

坐在李燃旁邊的那個。

優越的圓滾滾的後腦勺、光潔飽滿的額頭，比陳見夏人生路徑還清晰的下頜線……是那個把自己遮得嚴嚴實實依然遮不住美貌的女孩。

「我沒想到妳跟我跟得這麼近，我就轉個身，」見夏思考對策的時候，郎羽菲已經本能地爲自己辯護了，「妳幹嘛離我那麼近……」

「所以是我的錯囉？我跟著妳，我是變態？」

「我不是那個意思……」

小偉趕過來，指著女孩的鼻子火上澆油，「什麼意思，想恐嚇人啊，以為我們怕妳啊！」

陳見夏恨鐵不成鋼，她的弟弟，永遠用蠻橫無理掩蓋心虛，明明好好溝通的話他們是可以占理的，他到底怎麼想的，以為全世界女人不是他媽就是他姐，都會慣著他？

「我恐嚇你？我還沒跟你說這衣服多少錢呢，瞧你嚇的。」女孩嗤笑，「舉著杯破奶茶，拿這裡當菜市場逛？來約會啊？跟窮鬼約會真有樂趣。」

郎羽菲臉騰地就紅了，無地自容，手裡剩下的大半杯奶茶彷彿燙手似的，不知道往哪裡藏。陳見夏驀然想起面對 Frank 時候的 Serena。年輕女孩都太乖了，人家說東就往東，說西就是西。

永遠跳不出對方預設的命題。

陳見夏幾次想講話都插不上嘴，兩方都像機關槍開了保險栓。

漂亮女孩隨手掃了掃前襟掛著的奶茶水珠，說：「本來沒想怎麼樣，我現在就要恐嚇你。」說完轉頭對著愣在一邊的店員喊：「打一一〇啊，讓她賠錢，知道這衣服什麼牌子的嗎？」

小偉索性爭到底，「愛他媽什麼牌子什麼牌子，妳怎麼證明啊，哪個乾爹給妳買的，送的時候連發票一起給妳了嗎？我怎麼知道是不是假貨啊，讓一一〇給妳送去作鑑定啊？」

見夏一愣，夢迴第一百貨商場的Sony CD隨身聽櫃檯。多年在鄭玉清女士身邊生活，耳濡目染之下，小偉自然也是吵架的一把好手，只是姐弟之間多年沒過招，她居然差點就忘記了。

「剛才到底什麼情況？」她忽然開口，攔住旁邊正要打一一〇的店員，「我聽著好像是兩個人跟得太近，這個女的一回頭，撞上了那個女的，是嗎？」

陳見夏說話時拿下了墨鏡，瞟了小偉和郎羽菲一眼。有沒有默契，在此一舉。

郎羽菲立刻裝不認識陳見夏，認眞訴說：「我眞不知道怎麼回事，我一回頭，她差點就貼在我後背上，我杯子一定就撞上了啊。」

「妳爲什麼離她那麼近啊？」陳見夏對小女孩困惑道。

「關妳什麼事？我……」

漂亮女孩越說越沒底氣，她剛才的確是故意靠近郎羽菲的，搞不明白這個突然出現的女人到底是誰、有什麼意圖。見夏從小桌子上抽了幾張面紙，揉成一團在她潑到奶茶的前襟沾了沾，仔細端詳了一會兒，說：「本來他家這種斜紋軟呢外套就不吸水，根本沒潑上幾滴，妳有工夫吵架，不趕緊先吸一吸，看，現在不是沒事了嗎？」

小女孩讓陳見夏搞愣了。

陳見夏又轉頭訓斥店員：「門口沒寫不能帶飲料進門，他們不懂規矩，你們也不知道攔著？怎麼當店員的?!現在是潑到人，要是灑車裡面呢？」

就算店員有心偏袒誰，這頂帽子一扣下來，他們也只想趕緊息事寧人了。

陳見夏又轉向陳至偉，「你一個大男人想護女朋友，可以理解，但講話也太難聽了，家裡沒教過你爲人處事?!乾爹乾爹的，嘴裡吃屎了?!能好好解決的事情，非要挑起矛盾?!」

她嘆口氣，「就當我多管閒事，你這麼大個男人，給人家女孩子道歉！」

小偉沒有郎羽菲半點機靈，竟然想爭辯，被郎羽菲狠狠擰了一把，終於明白過來一點，硬著頭皮哼哼：「對不起。是我嘴臭。」

女孩接過陳見夏的面紙，一邊吸一邊認眞檢查外套：香奈兒外套本來就穿金織銀的，泡進水裡半個小時都未必浸得透，何況奶茶有蓋子，原本也就只滴上了幾滴，現在藉著自然光半點痕跡都看不出來。

陳見夏繼續敲邊鼓，很小聲地對她說：「看著就沒多少錢的小情侶，來逛逛罷了，法律也沒規定買不起就不讓人逛，妳都罵人家窮鬼了，消消氣吧。實在不行就留男的電話，讓他出乾洗費。」

有這麼一位大姐大做和事佬，女孩終於還是嫌麻煩懶得追究，哼了一聲，算是了結了。

陳見夏用眼神示意小偉和郎羽菲，快滾。

等這兩個人徹底消失在大門外，女孩才反應過來，問：「妳誰啊妳?」

就算陳見夏心懷鬼胎，在女孩面前，她也依然只是個陌生人。這女孩的語氣聽著就欠打，除了夠漂亮夠有錢，性子上倒是跟她弟弟陳至偉非常相配，一比一復刻等級的沒禮貌。

陳見夏抱著手臂，重新戴上墨鏡，冷然道：「互報家門就不必了，我來抓我老公的，難道，妳認識？」

小女孩腦補出一場大戲，默默遠離了陳見夏。

陳見夏回到剛剛的客戶休息區，看了眼手機，決定忍住五分鐘再跑路。她用右手拿起茶几上的時尚雜誌翻了幾頁，假裝氣定神閒。

終於熬過了五分鐘，正準備起身離開，忽然一個人坐在了正對面的沙發上。

陳見夏不抬頭，心跳如擂鼓。

「她跟著妳弟妹，是因爲我看見你們三個人一起進門，我一直盯著妳弟弟和弟妹看，所以她不高興了，以爲我是看上那個女孩了，就貼過去了。我剛才在二樓辦事，他們三個人繞場兜圈子，把我看得很開心。」

陳見夏把雜誌頁的邊角都捏變形了，沒有講話。

「雖然貼著別人找碴，是她活該，但妳演的這一齣，眞夠陰險的，就爲了不賠錢，六親不認，要一個沒社會經驗的小女孩……」

她沒有看李燃的表情，卻從他聲音中聽出了清晰的笑意。

不是讚賞的那種笑意。

「陳見夏，妳眞是有出息了。」

陳見夏還是不講話。

「天都快黑了，戴墨鏡看得淸字嗎？」李燃探身過來，伸手將雜誌硬生生抽走，「我在跟妳說話呢！」

「你果然長得跟我預測的差不多。」陳見夏就是不看他，眼神轉向展示廳，每輛豪車都保養得鋥光瓦亮，不知道李燃帶著「她」，是來訂哪一輛的。

「妳預測我長成什麼樣？」

陳見夏微笑，「傻瓜霸道總裁。」

李燃一愣。

「帶漂亮女生來買車那種，『女人，我在跟妳說話呢』那種，沒禮貌地從別人手裡搶雜誌的那種。」

陳見夏起身，從他手裡拽回雜誌，丟到茶几上。

李燃一點都沒生氣，笑嘻嘻地問：「妳怎麼知道我是來買車不是來賣車的？」

「跟我有關係嗎？買車不是給我開，賣車錢也不放進我口袋裡，我煩是因爲你搶我雜誌，跟你小女朋友一樣沒禮貌。」

「妳弟弟說別人有乾爹就有禮貌了？發票我沒有，這種奢侈品外套，重開一張不難吧？那衣服我看妳也很懂，這幾年不土了，沒少研究奢侈品，要不然也不敢唬人嘛。我記得外套好像六、七萬，要不然讓妳弟賠一下吧，罵了人就跑，還搭上一個姐姐裝富婆演雙簧，一家人噁不噁心啊，算什麼啊？」

是啊，算什麼。小心翼翼跟了一整天，不讓弟弟買超過預算的車，結果差點就被一杯奶茶帶走六萬元，六萬元還不夠保時捷選配一套「柏林之聲」音箱的錢。她恨她弟弟，又愛他，幫忙做噁心的戲，正正好好在李燃的面前。

十年不見。

她避過了社交軟體、同學聚會、訊息群組，以爲命運會硬塞給她任何一個好一點的重逢的機會，卻沒有。

偏偏要在這樣的時候，讓他看見。

他曾經跟她說，一家人也不用一起丟臉啊，陳見夏，妳是妳自己。

現在他親眼見到了，問她，你們一家人算什麼，噁不噁心啊？

「是我做錯了。」

陳見夏背上包包，「六萬還是七萬，你回憶一下，發票不用了，我賠你。是我們不對。我現在就賠給你。」

李燃靜靜地看著她。

陳見夏只知道他在看她。但直到這一刻，她也沒正眼看他——他胖了嗎，瘦了嗎，頭髮是長是短，還喜歡穿寬寬大大的套頭衫嗎？

「好。」他說。

李燃從茶几上抽出一張紙卡和一支筆，又從口袋拿出錢包，對著銀行帳號認眞抄寫，最後遞給她。

「我的電話，我的銀行帳號。」

陳見夏漠然接過來。

「不用按原價了，就五萬吧，沒跟妳開玩笑，轉給我。我要是沒記錯，我們剛認識的時候，妳就把紅油腦花噴在我鞋上了，吹牛說要賠給我，我說一千五，妳就不吭聲了。」

陳見夏氣得渾身發抖。

李燃也站起身，與她擦肩而過。

「陳見夏，這次，妳說到做到。」

# 六十五 ● 手

陳見夏在回家的計程車上透過手機銀行贖回了一部分短期理財，將五萬元轉到了紙條上寫的帳號，卻收到提示：轉帳失敗。

她又試了好幾次，最後給銀行打電話，經過漫長的折騰，都已經回到了家中客廳，客服人員才查清楚狀況，告訴她，是帳號和戶主姓名不符。

「建議您和轉帳對象再確認一下。」

陳見夏坐在換鞋凳上發呆，不論鄭玉清喊了多少次，她彷彿什麼都聽不見。

到底還是給他留下的手機號碼發了訊息。

「你好，我是陳見夏，你留給我的帳號有問題，方不方便檢查一下是不是抄錯了數字？」

她吃晚飯時魂不守舍，回公司郵件時也魂不守舍，好像又被拉回了高中時代，手機每一次振動，都讓她心驚膽戰。

卻沒有一次是李燃。

iPhone 也不像舊手機那麼容易掉電池板了。

吃飯的時候鄭玉清問了很多有關買車的零碎細節，陳見夏都心不在焉，被爸媽理解爲她掏了錢心裡不痛快——這倒也沒什麼錯。的確是心裡不痛快，但不是因爲給小偉掏錢。

爲了強迫自己不去看手機，吃過晚飯後，她說要和媽媽學按摩的手法，主動幫爸爸按腿，幫他舒緩脹痛。

「小夏，有心事？」

「啊？沒有。」

爸爸笑了，臉微微發腫，像泡過水。

「妳手上貼著膏藥呢，怎麼給我按？」

兩天過去，只有爸爸發現她左手扭到了，甚至連她自己都忘記了——當然還有李燃，一次藉空姐之口，一次當面問。

問過之後，讓她匯錢。

「一隻手也能按，」她轉開話題，「爸，你疼嗎？」

陳見夏父親好像想說點安慰她的話，最後還是講了實話：「一直都疼。」

見夏的父親在四十八歲的時候查出了糖尿病，那時她經過了一年先修班、四年大學，剛畢業，正準備就職第一份工作，隔著電話焦急了一陣子，卻總覺得這個消息不眞實，彷彿隔著點什麼。耳邊吹過熱帶的風，溫溫柔柔地問她，這世界眞的有雪嗎？

她查了一些資料，也問了一些學醫的同學，安慰爸媽道，很多人這個年紀查出糖尿病的，是單純性糖尿病，沒關係的，就是以後爸要吃苦了，好多好吃的都要忌口了，還要定期打胰島素，但別當回事，開開心心的！

但她爸爸是第二型糖尿病，這種非原發性糖尿病往往是其他疾病的先兆和併發症，只是縣城的醫療水準讓他們都沒當回事。甚至覺得，這把年紀得了個不輕不重的常見病，宛如破財消災，反倒可能是個好事。

又過了一年，在陳見夏正式被派駐上海時，父親終於撐不住了，渾身不舒服，去體檢。醫生覺得不可思議，說：「你這個B型肝炎免疫指標太厲害了，怎麼會一直沒查出來？去查肝！還公務員呢，從來不體檢的嗎?!」

查出來了，第二型糖尿病是肝硬化的併發症，他不分泌胰島素的原因是被肝臟影響了胰腺。

肝硬化五分之一，剩下的部分正在逐漸纖維化，麩丙轉氨酶超過了正常指標一百倍。

陳見夏每年都參加學生體檢，自知沒有任何問題，電話裡勸了一百遍、吵了幾千架，最終能說服鄭玉清，還是因爲戳到了媽媽的心病——小偉。

小偉還有很長的未來，不能帶病。他要結婚的，未來說不定還要考公務員。

母子兩個人都去抽血驗過了，幸好什麼事都沒有，不知道什麼原因，父親最厲害的傳染期已經過了，一家四口裡三個人安然無恙。

見夏爸爸的B型肝炎免疫指標就像天降一般，往前解釋了第二型糖尿病，往後，寫就了命運。

媽媽原本正值更年期，爲女兒不聽話鬧，爲兒子不成器鬧，爲老公多年在公司升不上去鬧，再搜羅搜羅記憶，爲二叔、二嬸鬧，爲多年前那個「單位裡跟老公出差聊天的小盧」鬧……

忽然就安靜下來了。

那也是陳見夏五年後第一次回國。她從上海飛，一下飛機直奔醫院，爸爸正在做常規CT，她趕到的時候，爸爸自己下了床，走出CT室的大門，看上去如此健康，臉色都是紅潤的，無法想像在這樣一張做了一輩子科員的和氣老頭的皮囊包裹下，有些器官正在腐化老去。

肝硬化是不可逆的。他們都知道，誰也說不出「會好的」。

「是我耽誤了妳，」見夏爸爸平靜地說，「妳在國內的時間比較多吧？我聽妳偶爾提起過，妳同事都削尖了腦袋想被往外派，就妳回來了。妳放心，我沒跟妳媽媽說，妳媽還以爲妳大部分時間都在新加坡呢，她要是知道了，一定心裡沒數，有點事就得把妳往回喊，要不然她心裡不痛快。她不使喚妳，就不會痛快。」

陳見夏被戳破假面，難堪地偏過頭，咬住嘴唇。

「她那人就那樣，照顧我、照顧家的時候連自己都不在乎，命都往裡面搭，所以在她心裡，把妳搭進去也正常，就該這樣，養女兒不就是照顧人疼人的嗎？」

見夏爸爸嘆道：「爸爸都知道，妳一直在上海。妳不想回來。」

不只是不想。她見了外面的世界，卻並沒有很喜歡，不肯承認罷了。

爸爸給她找了個體面的理由。

她用右手食指輕輕地在爸爸腿肚子上按了一下，很久很久，那個指印遲遲都沒有回彈成原狀，彷彿那已經不是富有彈性和生機的腿。那是一坨橡皮泥。

病痛與衰老，就這樣袒露在她眼前。

「我當時以為天都塌了，我剛工作，我還沒積蓄，爸……我不怕你死，我怕你治病我拿不出錢來，丟人。我必須在公司站穩腳跟，我不能總請假，我……」

殘忍又真實的話只能和親人講。

見夏爸爸笑了。

「那妳爸的病還真就停下來了，爭氣吧？」他說。

的確爭氣。

陳見夏的爸爸在之後的幾年間都沒表現出什麼問題，提前辦了因病退休，錢沒少拿，清閒了，提前進入老年時光，讀報、下棋、養多肉植物……彷彿突然就好了，醫生都說，這種不可逆的病，意志力最重要，有些人一、兩年就惡化到不行了，有些人，十年還跟沒事似的。爸爸以強大的意志力把這個病給彈回去了。

他覺得自己因爲死亡期限而感到了自由。

一輩子逃避、懦弱，在辦公室不出頭，在家裡不管事，唯一一次出格，是忽然說，想寫個遺囑。

鄭玉清把他罵得狗血淋頭——看來自由還是有限度的。

人生下來，萬般不由己，唯一確鑿無疑的，只有死亡。死亡是終極的公平，所以人類一切努力、希冀、理想都是在刻意裝作看不見結局的情況下努力掙扎，掙扎誕生了藝術和哲學。

「爸，」她胡亂問問題，「你後悔送我出國嗎？」

「這不是回來了嗎？」

「我不是說這個。」

「出不出國，妳也不是個能待在省城的孩子。」

「這麼說來，」見夏自嘲地笑，「我媽說得對，幸虧有小偉。我當初還鬧你們偏心，其實，幸虧有小偉。」

床頭燈照在老人臉上，見夏爸爸思考了很久，再開口的時候，好像又老了幾歲。

「小偉在，我們心裡踏實些，好歹出點什麼事，家裡有個男人。但要說我病的這幾年，眞苦的還是妳媽，小偉就是個杵在旁邊的擺設，踹一腳動一下，有他沒他，我吃的苦，妳媽媽照顧我的累，一點不落下。但好像就是覺得有個兒子在身邊不一樣，人家也都說，家裡有兒子的，請看護，看護都不敢欺負老人。但是不是眞這樣，其實我也不知道。而且我也不知道，要是沒有小偉……」

陳見夏爸爸看著她，笑，「要是沒有小偉，妳還會不會從小就想要往外面跑？」

陳見夏揚起頭，不想讓爸爸看見自己濕了眼眶。她用右手揉麵似地幫他按腿，問：「現在疼嗎？要不要吃安眠藥？早點睡？」

見夏爸爸搖頭，說：「不吃，沒那麼痛。我們說一會兒話。下次妳回來，不一定我還能清醒地跟妳說話。」

陳見夏伏在床上哭起來。

陳見夏多請了一天假，將機票從週日晚上改到了週一，她想陪爸爸去做每個月一次的常規檢查。

小偉去忙拿車的手續，見夏和爸媽一起坐上了網路預約車，往醫科大學附屬第一醫院開去。他們老倆口平時都是自己走幾百公尺去坐公車，從起點坐到終點前一站，可見路途遙遠，這次居然是坐計程車，還瞄不到計價器跳錶，一路上鄭玉清急得不得了，總用手指頭捅坐副駕駛座的陳見夏，讓她看著點，別繞遠路。

錢花在小偉身上可以，花在自己身上就不行，見夏長大後忽然有些原諒鄭玉清了，她滿心滿眼都是兒子，連自己都可以不要，何況一個本就不怎麼討人喜愛的女兒。

見夏回頭安撫她，騙她說公司每個月會給交通補貼，她能申請電子發票，不用自掏腰包。

醫院裡她全程陪跑，與其說是奔波，不如說是煎熬，每項檢測的隊伍都排不到頭，她坐在媽媽眼疾手快搶來的椅子上，金屬座位還帶著上個人的餘溫，眼睛盯著櫃檯上方滾動的黑底紅字螢幕，前面還有十一個人。

九個人。

七個人。

三個人……

人來醫院求生，然後把生都耗在了等。

其他常規指標都已經測完，他們在等最後一項彩色超音波。這時候弟弟的電話打了進來，見夏接起，「爸媽這邊我陪著呢，沒什麼事。」

「姐！我在車輛管理所又碰見那個女的了！她身邊還跟著個男的！她看見我了！」

小偉聲音很小，語氣很急，像是下一秒就要被綁架。

「你先離他們遠點，車輛管理所大廳那麼大，實在沒辦法就躲出門，等他們辦完手續離開。」

「不行，我倆排得前後面，旁邊還有仲介呢，我……」

「別遇到事就慌，那天的事情當事人都沒計較了，見到你頂多瞪你兩眼，你該忍就忍，大不了就認了。而且，人家除了看見你之外，也沒找你碴啊，你怕什麼？」

電話那邊忽然沒了聲音，見夏喂了兩聲，還是沒反應，「可能醫院訊號不好，我先掛了。」

「妳終於去醫院了?手沒事吧?」

是李燃的聲音。

見夏愣愣的，「你把我弟弟怎麼了?」

「他一個大男人，在國家政府機關辦事大廳裡面，我能怎麼樣他?!」

「那爲什麼半路電話換成你了?」

「我先問妳的，妳手沒事吧?」

她是不是應該感謝那位沒力氣的小空姐，要不是扭這一下，李燃可能都找不到別的話題可講。

「你有我手機號碼，不能直接打給我嗎?」

「妳也有我手機號碼，妳也沒打給我。」

「李燃你幼不幼稚!」她霍然起身。

之前一直壓著聲音，在人聲鼎沸的醫院裡也不顯突兀，此時一喊，半個走廊的人都在看她。爸爸媽媽起先是呆住了，拽她衣角想讓她冷靜，突然鄭玉清喃喃道：

「李……燃?」

陳見夏渾然不覺，她這幾天已經感覺到了，只要一觸碰到和李燃有關的一切，高中時候的自我便像黏稠的背後靈一般爬上來，貼緊她不放，帶回了她全部的衝動與矯情。

如果說一個人的成長是有階段性成果的，並且一定要展示出來，原本她最希望看見這個成果的人，是李燃。

她想證明當初她是對的，她一直都是對的。她想把 Serena 和 Simon 眼中的強大的冷靜的 Jen 做成 3D 列印模型寄給當時還不知道在哪裡的李燃，告訴他，這就是我想成爲的自己，我做到了，我沒有錯。

櫃檯電子女聲報了「陳均」的名字，見夏低聲說：「排到我爸了，不好意思。」

她掛斷電話，和媽媽一起扶著爸爸走向彩色超音波室。

剛做完，彩色超音波結果已經傳到了主治醫師的辦公室電腦上，只是半個小時後才能列印，護士告訴她，可以先回去複診了。

小偉的電話沒有再打過來，陳見夏也沒有擔心，倒不是因爲他們都在「國家政府機關辦事大廳」，而是因爲，對方是李燃。

十年不見，即便是至親，也無法確定對方的心性會變成什麼樣，但見夏莫名確定，李燃還是那個李燃，會蠻橫，會把銀行帳號寫在紙上然後故意寫錯來逼她聯繫他，搶她弟弟的手機聯繫她……

她沒空多想了，已經走到了傳染科主治醫師的診間，見夏父親坐著，她和媽媽一左一右陪在旁邊。

醫生看片子看了很久。鄭玉清有了不好的預感，淚盈於睫，見夏默默牽住了她的手，左手還在隱隱作痛，但見夏用了最大的力氣，握住她。

「你肝門靜脈上，有陰影，」醫生拿下眼鏡，用桌上的眼鏡布擦了擦，好像陰影是因爲眼鏡髒了造成的錯覺似的，然後重新戴上，還是同一句話，「肝門靜脈上有陰影，這個位置……這個位置有點危險，我給你開單子，馬上去做核磁共振吧，今天這個時間了，可能排不到，排到就立刻去做。」

他制止了鄭玉清進一步的詢問，「先做，做完了再說，現在只能看見陰影，有事沒事、有多大危險，都不是我說了算，先去做核磁共振。」

陳見夏讓他們倆慢慢走，自己狂奔去自動繳費機繳錢，又狂奔去了放射科，喘著大氣把單據交給櫃檯的護士，問：「今天還能排到嗎？」

護士瞄了一眼，「恐怕排不到了，除非今天排前面的至少五個人退號不做了，否則等明天吧。」

他們默默無言地坐在等候區，一直等到「今天」徹底沒了希望。

陳見夏登錄公司內部網路系統提交事假申請，她本年度還有十三天的年假，見夏一口氣再請了四天，直接請到了週五，連上週六、日，希望能在這期間將爸爸的身體查清楚，未來如何，至少心裡有個底。

人資那邊遲遲不批准。

陳見夏打電話過去，竟然是 Betty 這個等級的人直接接的，她語氣十分微妙，「Jen，妳確定嗎？」

「發生什麼事了嗎？Betty，妳有話直說吧。」

「……沒什麼。對了，Serena 下週可以輪值了，她可以選擇留下，也可以申請調單位，就在剛才，她說想離開妳這邊，去業務部門。」

見夏還想著那塊長在爸爸身體裡也籠罩在她頭上的陰影。

她敷衍道：「好事，管理培訓生就應該去公司最核心的幾個部門多鍛鍊，項目本身設定一年輪值期的意義不就在這裡嗎？Frank 想培養全方位了解公司的未來領導人，等她正式發郵件我會批的。Betty，我要說的是我請事假，人資沒批准。」

「好吧，那……有些事，就等妳休完假再說吧。」

好像沒什麼訊息量的一通電話，陳見夏已經預感到許多不妙的氣息——她從週末到週一都沒收到幾封工作郵件，Serena 一定是嗅到了什麼於是申請轉調部門，Betty 在等她「談談」……

然而奇妙地，她反倒鎮定了下來。因爲 Betty 陰陽怪氣地喊她，Jen。

這才是跟了她十年的名字。

回到家，兩個老人都精神委靡不振，見夏說：「要不然我來做飯吧，簡單吃一點。」

上學的時候，陳見夏一直是吃食堂的。國立大學的學生公寓並沒有想像中「豪華」，只是普通宿舍，沒有廚房。回字形建築圍繞著綠枝繁茂的天井，兩人一間，陳設也普普通通，學生們趿著拖鞋短褲、端著各種顏色的裝滿盥洗用品的臉盆去公共洗手間，一天洗三、四次澡，還是洗不淨黏膩的汗水。

熱帶從不失約的大雨把樓梯也浸潤出了年歲，他們常常站在門廊下，看大雨給天井中蓬勃的植物上色，不夠綠，還不夠綠，再潑一點，濃墨重彩。

工作之後，不加班的夜裡，她常常給自己做飯。不只是爲了大幅降低生活成本，更是放空的方式。現代人類要戒斷手機，唯一的辦法除了做飯就是剝小龍蝦。手機裡裝著人對他人生活持續不斷的揣測、窺探欲，也裝著她許多無用的思念。

見夏在廚房給番茄切十字，汆燙，泡冷水，成功剝皮，然後在電鍋裡放入生米、水、鹽和橄欖油，將剝了皮的番茄放在最上面，蓋上蓋子。

她知道爸爸有忌口，就著家裡已有的食材做了很多在爸媽眼中奇奇怪怪的飯菜——的確都是亂來的，平日生活養成的一點樂趣，怪卻不難吃，老倆口成功被轉移了注意力，專心研究起，這都是什麼玩意兒，香菇怎麼能和黃瓜一起炒？番茄放在大米飯裡燜是什麼意思？

陳見夏破天荒跟他們講了許多自己的事情，不是電話裡被問到不耐煩時敷衍的應答，她講她輪值時去倉庫體驗理貨，財務分析分析的究竟是什麼，最近公司裡面正在內鬥——爸爸的公務員病又上身了，才聽幾句就忍不住給她講道理，要明哲保身，要靈活機動，不要隨便站隊，做好自己的業務，凡事留一線……

全是用不上的廢話。但她沒反駁，靜靜把主場還給父親，做一個虛心聽講的女兒，時不時討教幾句，讓爸爸發揮得更多一點。

哪怕片刻忘記肝門靜脈的事情也好。

見夏洗碗的時候驀然想起，自己晚飯後在俞丹家主動請命，洗得飛快，俞丹把熱水壺提過來之前，她已經將苦肉計演完了，通紅通紅的手展示在班導師面前，無聲地說著，可憐可憐我。

新家都有冷熱水龍頭了，想必俞丹也早就搬離了老房子，只是見夏媽媽總是捨不得開熱水器，動不動就斷電，她這次洗碗，水依然是冰冷的。

陳見夏懶得和鄭玉清爭辯了。冷就冷吧，這雙手曾經乞求俞丹垂憐，現在又幫她連接到心心念念的人。

凍死妳算了。她盯著左手。

晚飯後鄭玉清的神色又有些不對，滿身的汗，彷彿身上起了火。見夏按醫囑把中、西醫開的藥混著都給她吃了下去，又讓她吃了四分之一片心血管藥，不知是藥的作用還是安慰劑作用，她的汗消下去了，嘴裡唸唸叨叨的胡話也停下了。

鄭玉清在臥室鋪了塊地墊打坐，陪在老公旁邊。

小偉回家的時候已經八點二十分，爸爸睡著了，客廳裡只有陳見夏坐在沙發上用電腦查肝門靜脈癌細胞血栓的各種訊息，還加了兩個病友訊息群組。

小偉連羽絨衣都沒脫，帶著滿身寒氣一屁股坐在見夏旁邊，欲言又止的樣子。

「有屁快放。」陳見夏說。

她臉臭，一開始是被剛才查到的訊息給嚇的，現在是爲了掩蓋某種期待。

「晚上燃哥請我吃飯了。」

……燃哥？

陳見夏合上電腦，放在茶几上，從行李箱摸出半盒茶包，給自己泡了一杯，又坐回到沙發上，端著杯子看著小偉。

「別讓我一句一句問。」

小偉在車輛管理所看見那個漂亮女孩的時候並沒害怕，她瞅他，他也瞅她，誰怕誰？

女孩先氣不過，跑來發難，問他：「你看什麼，你還有臉了？」

這等於敲響了北方人打架的戰鼓。

但小偉極爲迅速地偃旗息鼓，因爲這次這個女孩身邊站著一個比他高了一個頭的男人。

陳見夏忍不住打斷，「你怕他個頭高？」

「我怕他有錢，」小偉嘆氣，「看著就像有錢人。」

「那你應該繼續挑釁，然後讓他把你打一頓，打完驗傷敲詐他五萬，小意思。」

小偉開始覺得屋裡的暖氣燒得太熱，但依然沒脫羽絨衣，見夏不解——他都開始順著脖子滴汗了。

「你怎麼不換衣服?」

「讓妳給嚇的啊,」小偉惡人先告狀,「妳看妳,我剛提兩句燃哥妳就跟吃炸藥了似的,妳怎麼這麼衝?」

見夏愣了愣,是有點失態,她正準備調整一下,聽見小偉沒心沒肺地笑,「我就說你們一定有問題。」

小偉興奮不已。

辦事大廳裡,小偉慌不擇路給陳見夏打電話的時候,李燃朝他伸手,意思是,電話借我一下。

「是你姐姐吧?我認識她。」李燃輕聲說。

於是小偉就這樣愣愣把電話交了出去。他雖然傻住,但聽隻言片語也明白了,這個人和陳見夏的確認識。

李燃沒有偏袒誰,他留下了小偉的電話號碼,勸住了女孩,然後對他說:「大家各自去辦事,辦完了出來聊聊。」

小偉說到這裡,又卡住了,陳見夏心中暗暗覺得不妙,「你們都聊什麼了?」

「沒、沒聊什麼,就是說你們以前是高中同學,問問妳最近好不好,結婚沒有,在哪裡上班之類的。我還眞不知道妳有沒有男朋友,你們公司叫什麼,平時我也沒往心裡去,讓人家問得跟個……傻子似的。自己家人的事,什麼都不知道,多丟人。」

小偉忽然開始摸羽絨衣的口袋,摸了幾遍沒摸到,忽然起身,「天啊,姐,我好像忘記拔車鑰匙了！」

見夏無語，「那你快去吧，新手剛拿車，正常。你停樓下了？這麼短時間，應該沒人偷，趕緊去。」

小偉點點頭，忽然問：「姐，妳不想看看新車嗎？」

「在店裡不是看過了嗎？」

「我帶妳在社區裡繞一圈。」

「試駕的時候你不是帶上我和菲菲了嗎？大晚上的折騰什麼。」

「那輛不是這輛，那是展示車，這輛才是我……是我們家的！還不是同一個顏色！」

陳見夏覺得他有病，但反正還沒換居家服，她也想透口氣，找個理由忘記剛剛在網頁上看到的一切關於肝門靜脈癌細胞血栓的訊息。

「走吧，等我把衣服穿上。」

陳見夏走出社區大門，看到一輛幽藍幽藍的寶馬M5停在社區外的馬路上，車內燈還亮著，沒有熄火。她沒當一回事，轉頭去看小偉，「你的車停在哪裡？」

小偉說：「姐，我先上樓去了。」

「上哪裡去?!」

陳至偉朝她心虛一笑，那個笑容非常熟悉，小時候看春節聯歡晚會，陳佩斯在給皇軍帶路的小品裡就是這麼笑的。

她聽見背後車門開啟又關上的聲音——的確是好車啊，這厚重的聲音，跟小偉試駕的那輛的確不一樣。

陳見夏把手放進衣服口袋，轉過身，李燃站在路燈下，呼出的白氣在夜色中裊裊上升。

寬寬鬆鬆的短羽絨衣，和他上學的時候一樣，輪廓還是少年的模樣。

「妳應該不會生氣吧？」李燃問。

「生什麼氣？」

「覺得妳弟弟把妳賣了，然後一跺腳轉身就走什麼的，」李燃嘆口氣，摸摸後腦勺，「就……電視裡演的那種。妳不是說我霸道總裁嗎？我去看了，都這麼演的。」

陳見夏嘗試面無表情，卻連一秒鐘都沒堅持到，笑了。

李燃原本講話的時候眼睛是看著路燈的，像一條心虛的狗，聽見笑聲，才猶疑著，將眼神落在陳見夏身上。

隨便披了件爸爸的衣服、穿著媽媽的棉拖鞋的陳見夏。

「我見到你很高興！」她隔著一段距離，大聲喊。

李燃問：「真的嗎？陳見夏。」

陳見夏點頭，這麼冷的夜晚不應該掉眼淚，淚水會像故事裡的人魚一樣立刻結成珍珠的。

但她還是哭了。

「謝謝你給我找台階下。」

「謝謝你關心我的手。」

「謝謝你來見我。」

陳見夏哭著說：「謝謝你。」

我非常非常，想念你。

# 六十六 落大雪

車子經過了新修的江橋，開去江北又開回來，李燃說，九點鐘江橋的主燈就關閉了，還好趕上了。

必勝客還沒關門，但他們都吃過晚飯了。李燃說，也沒什麼好吃的，當年只是因爲省城像樣的連鎖餐廳只有必勝客，所以他覺得帶見夏去必勝客自習很高級，人小的時候都很傻，對吧？

而且，他說：「必勝客把沙拉塔取消了，妳知道嗎？我就那麼點拿得出手的才藝了，他們還給我取消了。」

陳見夏一直偏著頭看窗外，半晌，問：「你想吃點辣的嗎？」

李燃愣了一會兒。

他一邊將車子掉頭一邊說：「記得學校對面那家嗎？」

「串串？」

「嗯。不過我上次去的時候是半年前了，老闆說要回老家了，不知道現在還開不開了。」

見夏笑，「要碰碰運氣嗎？」

「走！」

開到一半，有什麼緩緩落在擋風玻璃上，陳見夏湊近了看，「下雪了？」

她看得出神，伸出手，輕輕把掌心貼在車窗上。

「是初雪吧？」李燃將副駕駛座那一側的窗戶緩緩降下來，溫柔地說：「那妳摸摸。」

落雪要怎麼摸？蠢狗。

陳見夏將頭靠在車窗邊緣，雪星星點點撒在她臉上，輕柔冰冷地吻著她滾燙的臉。

陳見夏，妳摸摸雪。

走進人聲鼎沸的店裡，陳見夏驚覺自己太草率了，她身上的藍黑色老式男子壓格棉服和腳上趿拉著的粉色印花拖鞋都如此顯眼，即便注目對象是一群高中生小屁孩，也實在難堪。

她這個時候才想起來詛咒弟弟陳至偉，幹什麼都不行，當叛徒倒是敬業，剛才他哪怕演出一絲絲破綻，她也不會真的穿成這個樣子下樓。

他們在小屋角落坐下，見夏將鞋子藏在垃圾桶後面。

老闆還認識李燃，似乎他真的經常來光臨，李燃問：「老闆，做到哪天啊？」

老闆說：「明天。」

他指了指窗戶上貼的通知，加粗黑色簽字筆手寫著轉租的聯繫方式，營業時間截止到明天。

兩人一時都有些傷感。

「還真賭對了，」李燃落寞道，「明天可能真的吃不到了。」

「你是故意的嗎？」陳見夏問，「給我寫了一個錯的銀行帳號？」

李燃玩著筷子，「妳的確沒賠我那雙鞋，回家怎麼都刷不起來了，廢了。」

「所以銀行帳號是不是故意寫錯的？」

「妳就是不會賠，每次都嘴上說得好聽。」

「你故意寫錯想讓我給你打電話？你可以直接朝我要電話，也可以告訴我你的電話，讓我直接打給你。」

「我給妳了啊，妳打了嗎？」李燃冷笑，「今天要不是我主動，陳見夏，妳會找我嗎？」

「我……」

李燃看著她。

這個人怎麼不會老的，一雙黑白分明的眼睛，瞳仁清澈，映出她的謊言。

他們較著勁，直到老闆端著兩碗豬腦花出現，「不吵架不吵架，吃腦花。」

夢迴高一，陳見夏沒忍住，笑出聲來。李燃也笑了，說：「先吃吧。」

「老闆，」李燃喊道，「我自己去外面拿啤酒了啊！」

「這麼冷的天還要喝冰的呀？」老闆低頭算著帳，已經習慣了。

見夏喊住他，「你一會兒找代駕嗎？那……我也要一瓶。」

李燃揚揚眉毛，陳見夏毫不示弱地回望，李燃笑了。

她不想放棄任何機會告訴他自己長大了。

在上海最煩悶的那天，Simon 爲了保持身材坐在對面什麼也不吃，她一個人大吃日式燒烤。那彷彿便是她以爲自己能袒露的極限了，在你不吃東西的時候我吃，在你維持原則的時候打破，我不會跟著你走，戴你想看的假面。

但她終究沒有更深一步的勇氣和動力，把那個整潔男人拉去地板油膩打滑的便宜館子。

所以他們始終是陌生人。

他們都不是李燃。

陳見夏不餓，卻很饞，她貪婪地享受著這份熱辣和熟稔，兩人一起吃得鼻尖沁汗，最後串串還是剩了大半桶。

老闆來數籤子，問：「這個嘛，不好吃？」

見夏連忙解釋，「好吃。其實我們是吃飽了才來的，趁你關店前捧最後一次場。」

老闆很受用。

李燃問得直接：「明天就關門了，以後也不做了，還關心這個幹嘛？」

老闆忽然嚴肅，用四川普通話認認眞眞地說：「匠人精神。」

把他倆都說傻了，片刻後，三個人一起大笑。

這一次陳見夏說要請客，李燃沒和她搶，然而站在收銀台前，陳見夏一摸口袋——她居然連手機都沒帶。

李燃笑得極為欠揍，他大聲問老闆：「多少錢啊？」

然後湊到陳見夏耳邊說：「一百二，一千五，五萬。」

「五萬我真的轉給你了。」

李燃從手機調出付款碼，說：「妳欠我的是這些嗎？別以為吃個飯笑一笑，一切就都過去了。」

陳見夏低下頭，「我們之間有什麼需要特意『過去』的？」

「沒有嗎？」李燃不笑了。

老闆舉著掃碼槍，說：「你們能不能把錢給了再吵？」

他們站在馬路邊等代駕，李燃問：「要不要進屋裡去等？」

兩個人喝酒都不臉紅，臉紅不是因為酒。

雪越下越大，陳見夏閉著眼睛仰著頭，任它落得滿頭滿臉，像個小孩一樣往空中吐白氣，李燃溫柔看著她，也不再問她冷不冷。

「妳在想什麼？」他問。

在想豪車店裡的女孩。那張漂亮得無法否認的臉。

那個女孩的身分，決定了這場夜奔是喜悅浪漫的久別重逢，還是背德離經的小人行徑。

但陳見夏不敢問。

只是吃個飯，他們只是吃了個飯，既然手都沒碰一下，能不能讓她先假裝大腦一片空白，等這場雪下完。

見夏想起少年時在意他喜歡凌翔茜的事，一刻都忍不住，剛說過好了不問了，下一句又旁敲側擊問起來，最後把自己搞得身心俱疲、防線崩潰，在大街上邊跑邊哭。

十七歲啊。十七歲想向三十歲預支智慧，三十歲卻只想問十七歲討一點點莽撞。

「李燃，你在想什麼？」

陳見夏反問回去。

如果還喜歡她，爲什麼這麼多年沒有找過她？如果已經不喜歡她，留電話算什麼，騙她下樓又算什麼？

然而李燃沒回答。

長大的不只陳見夏一個人。

「妳弟弟怎麼對妳的事一點都不清楚啊？」手機螢幕照亮他的臉，「代駕快到了。哦，我說什麼，妳到底跟妳家的人有沒有聯繫啊？」

「你有什麼想問的可以直接問我。我人都在這裡了。」

「……沒有什麼主動想跟我說的嗎？」

「什麼意思？」

「沒別的話跟我說嗎？如果我不問的話？」李燃問。

有，有那麼多，明明三天三夜都說不完，但他們不是剖開胸膛展示心跳的小孩了，誰都想做那個先提問的人。

「比如？」

「比如，妳後悔嗎？」

見夏一愣。後悔？

她看著李燃，想從他眼睛裡讀出一些什麼，告訴自己，是她小人之心想太多。

李燃的眼神是溫和的，憐憫的，徹徹底底激怒了她。

有些話不需要講太清楚，她瞬間明白過來。

他從來都不是善良赤誠的好孩子，只是對她而已，但這份好有時限——如果對象不是她，沒有殘存的溫柔，或許那天他眞的會空降下來霸道護短，無情戳穿他們一家人的拙劣把戲，當場逼他們轉帳。

她從一個侷促的小鎭女孩變成識時務的說謊者，這是成長嗎？

陳見夏，讀書是爲了求知，還是爲了脫離貧窮？

「你當年在南京……」她試圖開口，被李燃迅速打斷。

「我當年就是個大傻瓜，可以了嗎？」李燃衝得像被點燃了導火線，「妳別跟我提我當年說了什麼，噁心，妳不會當眞了吧？十七、八歲誰不傻，演情聖演得自己都信了，陳見夏，妳當時瞞我、耍我那麼久，我後知後覺，後來越想越氣，越想越氣，不行嗎？」

不行嗎？

陳見夏無言。

當然可以。十年後她才被他指著鼻子罵，也只是罵了這麼幾句，好像終於還掉了什麼，比五萬元還重要的東西。

「銀行帳號不是我故意抄錯的，我是看見妳，太生氣了，一糊塗抄錯了，妳以爲是找藉口聯繫妳？看在老同學的份上而已。那女孩是我女朋友，漂亮嗎？脾氣是有點差，但我喜歡。」

「嗯。漂亮。」她點頭。

見夏半低著頭，盯著自己的醜拖鞋。粉粉的底色，印著藍色的醜陋卡通熊，材質不是眞的純棉，外表起毛球，裡面都是假絨。好醜。

「……陳見夏。」

見夏抬頭，安然看著他，「眞的漂亮。飛機上我就看見了，先看見她才看見你的。非常漂亮。」

「陳見夏！」

李燃忽然朝她伸出手，見夏不知道他要做什麼，本能後退躲開，腳從棉拖鞋滑出來，襪子踩進雪裡，從腳底冷到心裡。

「您好，號碼 0531 的機主嗎？」

代駕匆匆趕來，從代步小車上下來，整個人熱騰騰的。

李燃沒回答。

代駕往四周看了看，整條街上只有這兩個人，他困惑地確認了一下手機訂單，再次問：「您好，您叫了代駕嗎？」

大嗓門杵在面前，李燃不得不答話按鍵，把車鑰匙遞給對方，「你先上車。」

「您好，您看一下這是我的代駕證……」

「你先上車。」

冒失鬼代駕接過鑰匙，還想說什麼，被李燃的臉色嚇回去了，推著小車奔去馬路邊。

「能讓我搭個車嗎？」陳見夏溫柔問道，「我沒帶手機，自己叫不了車，雖然大家鬧得不愉快，我也必須坐你的車回家，實在沒底氣。」

李燃又想伸手拉她，「我話還沒說完，我剛才的意思是……」

「我很冷。」

陳見夏平靜地重複了一遍，「我真的很冷。我想回家。你願意再遷就我一次嗎？讓我跟代駕一起上車？」

「妳真的長大了。」他說。

李燃輕聲說，聽不出情緒，「妳以前總莫名其妙的，第一次來吃串串，就因爲我說我認識二班很多書讀得好的人，妳突然就跑了，跟背後有狗追妳似的，招呼都不打一聲。後來才知道是回宿舍讀書了……我剛才是眞的想知道，妳到底在想什麼。」

見夏跺跺腳，不接話，「我們到底爲什麼不能上車說？」

「因爲我在這個地方說錯話了，我想在這裡把它扭回來。」

就像你一天跑我們教室三次折騰那兩台CD隨身聽？當時看似無厘頭，現在回想起來，倒是極爲堅定自信——恩怨當場解決，李燃要的只是他自己痛快。

那時候陳見夏只是個給他造成了一點困擾的陌生女同學，他要解決她。

後來他給了她許多溫柔的等待，遲遲不回的短訊，綿延一個月也理不清楚的小彆扭……現在一切都回到了最初的時候。

「我不要。」陳見夏堅定搖頭，「我上車去了，除非你把我轟下來，那我的確沒辦法。」

她朝著已經發動的車走過去——依然坐在了副駕駛座。

李燃只能坐在後座，一路無言。

到了陳見夏家樓下，李燃說：「我送妳上去吧，你們樓下太黑了。」

「不要。」

不是不用了，是不要。李燃聽得懂。

「妳這麼多年也沒少談戀愛吧？」李燃忽然沒頭沒腦冒出一句，「沒別的意思，一種感覺。」

駕駛座上的代駕尷尬得像要試圖原地融化焊進方向盤，假裝自己不存在。

「嗯，」陳見夏終於回頭，看著他，「學到了很多。」

陳見夏回到家，輕聲敲門，沒有用，最後只好按門鈴。

小偉果然戴著耳機在打遊戲，門鈴驚動了鄭玉清，見夏應付了她幾句，只說自己去透透氣，鄭玉清看她一身打扮也的確不像出去「鬼混」的樣子，放下心來，只埋怨她大晚上發神經。

見夏從沙發上拿起手機，看到兩個來自公司的未接來電，四條新訊息，一條手機訊息，來自李燃。

「妳進家門告訴我一聲。」

她回覆：「安全到家了，謝謝你。」

陳見夏想問他正確的銀行帳號到底是什麼，思考了一下，決定算了。他自己都說是他盯人的舉動讓小女友吃醋了，故意貼過去找郎羽菲的碴，她又何必爲了爭一口閒氣重新把責任往自己身上攬。人窮志短，前方還有一塊肝門靜脈陰影籠罩著，她已經無恥過一次，不打算因爲今晚挨了挫折就裝清高。

陳見夏站在窗邊，看見樓下那輛車始終亮著車燈，沒有走。

但李燃也沒有繼續給她發訊息。

陳見夏隱約猜到了他在等什麼，就像今晚他一再重複的那樣：陳見夏，妳沒有什麼話要主動跟我說嗎？

她看著新家的白色塑鋼窗。小時候，到了這個季節，無論學校教室還是普通居民家家戶戶都會著手封窗戶，白色膠帶一層貼一層，封得齊齊整整，只留一兩扇用作通風，否則呼嘯的北風會從每個縫隙鑽進來。她在振華做衛生股長的時候也指揮大家封窗——這幾乎是各種校內勞動裡同學們最喜歡做的事情了，有季節更替的儀式感。

都是過去的事情了，現在不需要了。和新型塑鋼窗一樣，人也活得嚴絲合縫。

雪越下越大，許久許久之後，車開走了。

# 六十七 不太好

第二天天還沒亮，陳見夏將小偉從被窩裡揪出來，催他盥洗。

「早點去排隊，爸要做核磁共振。」

小偉一臉懵懂的樣子，見夏忽然想起，全家人都有默契地沒有和小偉提及肝門靜脈陰影的事情，潛意識裡始終將他當個靠不住的孩子。

「你開車吧，這麼早，我怕叫不到車。」她補充道，「用冷水洗把臉，清醒清醒。而且天這麼冷，你新車停在外面，是不是得提前下樓熱熱車？」

要不是新車的誘惑太大，小偉這個時候恐怕是要鬧脾氣甩臉了。

排到近十一點終於做到了。

複診不需要取號碼牌，全靠眼疾手快自己加塞，陳見夏到底還是有些臉薄，幾次都被別的男人搶先了，還有一個是用肩膀硬把陳見夏撞開的。

最後見夏還是忍不住去踢了小偉一腳，說：「再玩手機，信不信我給你摔了？」

鄭玉清拎著瓶裝豆漿回來的時候正看見這一幕，埋怨陳見夏，「妳又發什麼瘋？妳不高興排，我排！」

陳見夏冷冷看著小偉。這幾年，弟弟越發明白了將來他要依靠的是誰，對見夏生出了些不情不願的尊重，二十六歲的大男人終於沒靠媽媽撐腰，放下手機，自己起身守在了診間門口。

的確好用，那些男人就算還想插隊，瞧一眼小偉，也會掂量一下，沒有面對見夏一個人時那麼理直氣壯。

上一家病人離開，醫生看見他們探頭探腦，喊他們進門，陳見夏忽然覺得心慌，她回頭看鄭玉清，意思是，你們兩個在這兒等。

或許是這些年來第一次母女連心。鄭玉清拉住丈夫說：「就送個片子，有事再喊我們，讓孩子先去。」

醫生看片子看了很久，等他嘆氣，轉向陳見夏和陳至偉的那一刻，見夏已經知道了結果。

她前一天已經緊急補課查過了許多，也問了學醫的同學，結合她對著彩色超音波學習的結果，醫生說的居然差不多——兩支肝門靜脈連接左肝和右肝，進而成系統分布爲肝門靜脈網路分布在整個肝臟上。

陳見夏爸爸在右肝門靜脈主要分支上長了一個大約一點五公分的腫瘤。

小偉慌張地看向姐姐，拉住她的手問：「癌嗎？是癌嗎？」

陳見夏手心全是冷汗，她不敢回握小偉，怕他更慌，於是故意兇他：「先聽醫生說完！」

「還要看進一步的檢測。」

「要切片取樣化驗嗎？」見夏問。

「這個位置，太凶險了，不好取，要能取就全取下來了，還取樣幹什麼？」醫生解釋道：「瘤現在很小。我只能說，比較大的機率，就是俗稱的癌細胞血栓。我說得白話一點，妳爸肝硬化太厲害了，所以肝上沒有營養，癌細胞一般會聚集在較爲衰弱的器官的營養豐富的部分，這就是爲什麼肺癌病人的癌細胞血栓總是長在脈管上。食道血管、肝門靜脈這類血管，血流比較好，所以就在這個位置集聚形成了。」

診間安靜了片刻，忽然門被推開，又是一張焦急的臉，探頭進來看情況，說：「醫生，放射科那邊說不用取片子，你電腦裡直接……」

醫生見怪不怪，平靜道：「你先在外面等一下，這邊還沒看完呢。」

小偉火氣大，迅速起身，把門給推上了。

陳見夏又問：「那下一步怎麼辦，您有什麼治療方案，要會診嗎，切掉還是移植？化療？放射治療算了吧，我在網路上看過，身邊也有朋友親戚做過伽馬刀，太痛苦了。當然我亂說的，我不專業，您別介意。醫生，我爸爸還有……還有多少時間，大概需要多少費用？醫療保險給付範圍之外的治療方案，我們都可以考慮。」

醫生被她一連串問題問得有些驚訝，揚揚眉毛，思考了一會兒。

「說實話，肝臟移植是最好的辦法，其實妳爸也放進系統排隊等了一段時間了，對吧？我要是沒記錯的話。」

陳見夏點頭。

「我們這邊，肝臟方面，的確不是強項，而且傳染科、肝膽外科和移植其實是有區別的，我能判斷的是，這個癌細胞血栓發現得比較早，長得還不大，但因爲肝門靜脈血流速度比較快，營養又穩定，我擔心，七、八週左右，它可能就會從主要分支轉移到主幹上，到時候就麻煩了，一旦轉移……癌細胞可能就隨著血流供應轉移向全身了，就不是換不換肝的問題了……」

陳見夏拿出手機把時間點一一記下來，醫生還算耐心，跟他們額外講了許多，看她鎮定，最後說：「要是條件允許，還是……還是找找人。移植這種事，唉。」

陳見夏漠然點頭。

她道謝，起身離開，小偉還想問點什麼，又不知道問什麼。病人家屬這種時候總會想要多聊幾句，排那麼久的隊見到醫生，宛如見到神，彷彿多說幾句，腫瘤就能縮小幾公分。

「姐，」門還沒關上，小偉急急地問：「醫生什麼意思，是不是移植這事有什麼內部門道？」

「應該是這個意思。」

「那就找找人？」

陳見夏灰心，比聽到醫生親口確認她早已猜得七八分的肝門靜脈癌細胞血栓還要灰心。以前在網路上看到別人調侃說北方連做個美甲、買半斤包子都要先「找找人」，她可以跟著會心一笑，現在只感覺到鋪天蓋地的膽怯與無力。

前二十多年讀書和工作都不會教過她這方面的知識，她可以在深夜無所畏懼地投訴計程車司機，抱著同歸於盡的心理準備，卻只能隱藏住自己踏進醫院那一刻的無力和恐懼——她全程都在怕，怕自己愚鈍，看不出醫生是認眞還是敷衍，不知道哪一刻應該遞根菸、哪一刻應該塞個紅包，塞錯時機會不會弄巧成拙……

在醫院全程冷臉的陳見夏忽然感覺疲憊從身後抱住了她，有點撐不住了。

找找人？找誰？怎麼找？

陳見夏拉了一下小偉的袖子，說：「你陪他們去吃午飯。剛才醫生說的話，你記住了嗎？」

小偉面露難色，「記……沒全記住。」

陳見夏點頭，「那就好。」

「什麼意思？」

「就告訴他們的確長了個瘤，但是沒長在肝上，而且很小。」

小偉沉默了一會兒，說：「姐，我懂了。」

「早上，車開得很好，平時的確沒少跟朋友輪著開啊，倒車入庫也很俐落。」見夏擠出一個笑容，忽然伸手去揉小偉抹了髮膠的小平頭，「吃飯的時候多跟他們講講新車。」

小偉偏頭躲開，「我多大個人了，別碰我髮型……妳不吃嗎？」

陳見夏說：「我得先去把爸最近做的所有檢查的片子都印出來，要不然怎麼找人？」

此前媽媽和小偉慌慌張張弄丟了醫院給的裝片子的牛皮紙袋，上面印著自動取片機需要的條碼，沒條碼就沒辦法自助列印，要取回近一年的CT平面掃描診斷單與原始片子，必須拿著發票跑去醫院一樓的專門辦公室。

這時又接到公司的電話。前一天晚上她和李燃出門忘記帶手機，就漏接了公司的室內電話，手機上沒顯示分機號碼，也不知道究竟是誰，無法打回去。早上忙著看病的事，她將這件事徹底拋在了腦後。

「喂？」

「Jen，昨天怎麼不接電話？」又是Betty。

「漏接了，」陳見夏講了句廢話，「想打回去，不知道分機號碼，也沒人給我發訊息。是妳打的？怎麼了？」

「妳的假請到本週五，但公司這邊有特殊情況，Frank從美國特地回來了，妳明天可以結束休假立刻回來嗎？」

「Betty，妳能告訴我，究竟是什麼事嗎？不方便具體說，說個大概也可以，我不是回家度假的，是有很重要的事。」

「是妳爸爸的事嗎?到底還是……」Betty 裝模作樣地嘆氣。

「嗯,」陳見夏不想給她加油添醋的機會,「這是我本來就累積的年假,如果沒有什麼急事,提交需求我也可以遠程處理。所以,到底是什麼事?」

Betty 慢悠悠地說:「我記得,之前南京宣傳演講的時候,妳還說一定會平衡好工作和家庭的。這麼快就……」

「我操妳的。」

電話那邊久久沒有回音,Betty 傻了。

「Jen,妳剛剛說什麼?」

「妳錄音了嗎?」陳見夏笑了,「錄了的話,不用我說第二遍,沒錄的話,妳聽到什麼就是什麼,對,我說了。」

醫院大廳嘈雜,但她甚至都能聽清 Betty 在那邊喘大氣,只可惜不能聽得更清楚。

「現在能聊工作了嗎?究竟是什麼大事要求我提前結束休假?妳如果不能好好說話,那就請 Frank 直接跟我說,就算是要開除人,能讓他直接飛回來 fire,我也夠有面子的了。」

Betty 也喊起來:「妳到底回不回來?」

「妳到底能不能講理由?再說一遍,我是正當休假。」

Betty 摔了電話。

陳見夏想,還是室內電話好。她在公司的時候也摔過話筒,就算是爲了讓人摔,室內電話也千萬不能被歷史淘汰。

後悔嗎？或許有一點，如果她不在醫院裡，冷靜一點，恐怕能夠忍耐住不去激怒Betty。

但即便不知道發生了什麼事，冥冥中見夏感覺她沒必要「從長計議」了，她在這家公司，恐怕已經沒有未來可言。

總要有人來接受她洩憤，Betty實在是再合適不過。

因爲這通電話，見夏去遞交發票的時候心情異常和順。坐辦公室窗口負責審核的大姐氣質有點像高中教務主任，愛說話，愛教育人，但不讓人煩，因爲骨子裡透出一股熱情勁，和整座醫院疲累的醫生護士們形成鮮明對比。

因爲是幫爸爸代辦，見夏也必須提供自己的身分證，大姐舉著證件仔細端詳見夏的臉，笑著說：「瘦了？比照片上好看。」

見夏一整天第一次眞心笑了。

大姐又讓她塡了好幾張申請單，看著清秀的字跡，說：「字寫得不錯，以前是不是書讀得很好？」

陳見夏很久很久沒有被問起讀書的事情了，臉上竟然有了幾分高中女生的羞澀。連帶著，在嘈雜辦公室裡耗費的時間都有了別樣的意義。

地下一樓放射科，她拿著申請單從櫃檯被指揮向登記處，又從登記處被指揮向旁邊那一扇上面貼著「非工作人員嚴禁入內」的鐵門。

陳見夏盯著「放射危險」四個字，左顧右盼許久，好像也只能推門進入，於是硬著頭皮走了進去，難得裡面的人沒罵她，見怪不怪似的，告訴她：「妳還得再往裡面走，盡頭左轉，閱片室。」

找到閱片室，裡面的人又說：「妳這個得去操作間一。」

陳見夏在放射科內部宛若迷宮一般的走廊裡暈頭轉向，不小心直接闖進了ＣＴ拍片室，和裡面的家屬面面相覷，醫生的聲音從牆角上方的擴音器傳出來：「妳誰呀?幹嘛的?!」

在擴音器的罵聲中，她終於找對了地方，不知道是第幾次舉著發票和辦公室開的「情況說明書」，跟對方解釋來龍去脈。醫生低垂著眼皮，或許聽見了或許沒聽見，或許看著她或許沒看她。

見夏知道對方並不是不禮貌，只是疲倦。

她自顧自講完了。

醫生幾不可察地點了點頭，旁邊一個戴眼鏡的年輕實習生站起身，從見夏手中接過辦公室開具的申請單，開始在電腦上操作。

陳見夏鬆了口氣，神經質地往前挪了半步——她又感覺到那種疲憊感，正在拚命地從後背往上爬，但現在還不是時候，她不能讓它爬上來。

醫院似乎剛經過一番電子化改革，系統很難用，無論是五十多歲的主任還是二十多歲的實習生，操作起來都一樣緩慢艱難。醫生沒有趕陳見夏去門外等，所以她就站在他們背後，看著螢幕上即時顯現的影像，也透過長條玻璃窗看著一個又一個家屬陪著病人走進來，隨著醫生麥克風的指揮躺倒在CT床上。

「這個可能是。」醫生關了麥克風，自言自語

是什麼？陳見夏順著醫生的手指看螢幕。

醫生對旁邊正在調數據的實習男生說：「看這裡，怕是擴散了。」

見夏悚然一驚，螢幕上密密麻麻的黑白影像她看不懂，目光越過低聲議論的醫生，投向CT室裡面的人——一個面孔黝黑的母親，不願意讓女兒或兒媳婦扶，自己掙扎著坐起身，年輕女人低頭給她把鞋遞過來，兩人相視一笑，互相打氣似的。

「好，下一位！」醫生把剛才的影像打包上傳，轉入了門診主治醫師的系統，她喊了下一個患者的名字，在兩位患者交接中間，接了一個電話，語氣平常地問孩子：「有沒有寫作業？外婆在幹什麼？別玩iPad了，對了媽媽把快遞取件號碼傳過去了，讓外婆幫我拿……」

病人和家屬已經走了，陳見夏還愣愣盯著，眼淚比心反應快，倏忽間掉下來。

實習生伸手在她眼前晃了晃，把她喚回神。

「妳出門左轉再左轉，走到頭，右手邊有個機器，正在列印片子，妳自己去拿就可以了，一共三張。」

她茫然道謝。

等在那台比胸口還高的影像列印機前，三張片子出來，用了近五分鐘，見夏整理

好，放進從辦公室領到的牛皮紙袋裡，沒拿住，還把掌心劃了個傷口。

她低頭撿片子，不知道是不是靜電，片子吸在地上似的，摳都摳不起來，忽然聽見背後有人問：

「妳還好嗎？」

陳見夏轉過頭，看見了李燃，風塵僕僕的樣子，似乎找她找了很久。

她低下頭。

「不太好。」

到底還是沒躲過，疲憊感終於爬上了身，從背後壓倒她，將她壓向李燃。

陳見夏伏在李燃懷裡放聲大哭。

「很不好。」

# 六十八 ● Fly me to the moon

陳見夏不得不感慨陳至偉靈活機動，雖然看上去像個孩子一樣不負責任，但當陳見夏用奔波勞碌來遮掩自己在家鄉毫無人際關係可用的無能，陳至偉想都不想便用上了昨天才在車輛管理所認識的「燃哥」。

越是小偉這樣被保護著長大的，越是擁有一種陳見夏這種倔將鬼沒有的識別力，他比她更迅疾地做出反應，知道應該對誰放低身段，如何求生。

小偉這幾年對她日益增長的尊重，也是求生欲的一部分。只是今天，走出診間那一刻，他嗅出了姐姐外強中乾。吃個午飯的工夫，小偉已經作出抉擇，行動起來。

陳見夏哭了幾聲，理智還在，她試圖從他懷中脫離，只是被李燃抱得更緊。

「妳讓我抱一會兒。」他說：「就當是我求妳的。」

見夏不再掙扎。

過了一會兒，她實在沒辦法，聲音嘶啞地說：「我要擦鼻涕。」

見夏聽到他在她頭頂笑了，鬆開了手。見夏從包包裡翻面紙，李燃彎腰去幫她撿黏在地上的片子。

他把片子放在牛皮紙袋裡裝好，卻沒有遞還給陳見夏，還是拎在了自己手裡。

「我幫妳拿著。妳沒吃午飯吧？先去吃飯，妳弟弟跟我說了個大概，他們已經回家了。」

「李燃，」陳見夏叫住他，「雖然這裡不是適合說話的地方，但有些話，還是提前說了比較好。」

放射科內部的走廊或許是整個醫院最安靜的區域。

「我弟弟是因爲覺得我們兩個有什麼關係，而且你看著就很有錢，所以才這麼狗腿的。他覺得用得上你，不管是我爸爸的事，還是別的。」

李燃歪著頭等見夏說話，沒料到開場白是這樣一句，沒忍住笑出聲了。

「嗯，我知道。」他說。

見夏猜到他會應對得很輕鬆。他當然不在乎被小偉利用一、兩次，重要的是他爲什麼願意被這個小孩利用。

「我知道你不在乎。」

「的確不在乎。」

「但我在乎。」

「我知道，」李燃嗤笑，「昨天就看出來了。」

「你可能覺得是矯情……」

「就是矯情，」李燃打斷她，「非常矯情。」

陳見夏一愣。

呆了很久，李燃走過來，重新摟住她，「幸虧妳現在還是很矯情，否則我會覺得更陌生，都不知道怎麼找個突破口笑話妳。」

「非要笑話我嗎？」

「嗯，是吧。」他緊緊擁抱她，他身上有好聞的香氣，讓見夏不知怎麼的犯睏了。

她堅持把話說完，像一個明知故問卻要把冗長條款唸完的法務人員。

「所以你到底有沒有女朋友？」

「這事情真的那麼重要嗎？」

「李燃你別當我開玩笑。」

「沒有。」

「我在認真問你，再說一遍，你別當我開玩笑。」

「我說了妳又不信，我說三遍妳就信嗎？」

「那你說三遍。」

「沒有！沒……我憑什麼說三遍?!」

李燃忽然來了脾氣，捏著陳見夏的肩膀，牛皮紙袋又一次掉在了地上。

「我需要跟妳解釋嗎？妳是我誰啊？妳弟弟覺得我跟妳有關係，妳家又用得上我，直接把我喊過來了，妳自己家的人都沒在乎妳清不清白，妳在乎什麼？我不就是個有點臭錢的工具嗎，妳直接用不就好了？妳管我有沒有女朋友?!我圖妳色，圖妳跟我有舊情，妳跟妳家的人圖我有用，不就好了嗎？不可以嗎？陳見夏妳沒完沒了了是吧？」

見夏呆呆看著他，「你說什麼？」

「圖妳的色。」

「不是這句！」

「那是哪句？我剛才說那麼多我自己也記不住！」

「我有色可圖嗎？」

「剛才那男的，給妳指路那個小醫生，我看他對妳有點興趣，妳長得雖然一般，可能是戀愛談得多，氣質還可以，我覺得年紀對你們不是問題。」

陳見夏這才意識到那句「操妳的」送給 Betty 實在是言之過早了。

她試圖在跟他的對話裡找到邏輯，思索了許久，發現找不到，索性破口大罵：「李燃我操你的！」

她這時候看見實習醫生站在李燃身後，剛從門裡出來，滿臉驚恐。

李燃也回頭，幸災樂禍，「完蛋了，扼殺在搖籃裡了，成熟女性的魅力也不管用了，嚇著人家了。」

恍然想起他們剛認識的時候，好像也是站在走廊裡，她跟他拉扯燙手的 CD 隨身聽，雞同鴨講，生怕新同學投來的目光，他卻像個混蛋祖宗一樣，怎麼都送不走。

二十九歲的陳見夏，終於還是被李燃氣哭了。

蹲在地上，嚎啕大哭。

怎麼哄都哄不好那種。

陳見夏坐到他車上，還是哭個不停，李燃哄累了，懨懨的，沒有不耐煩，只有悔恨，像隻瘟雞。

他好像知道她只是崩潰了，與他有關，又不是完全有關。

還沒發動車子，Frank 的電話打進來，陳見夏手忙腳亂，想把鼻涕擤乾淨再接，又怕拖太久對方掛掉，只好塞著鼻子接起來。

她偶爾有機會私下和 Frank 交流總會努力用英文，起初是學 Simon 的樣子，覺得這樣可以拉近和大老闆的距離，發現的確比較好用也符合企業文化，便養成了習慣。

但因為李燃坐在旁邊，她感到羞恥，一顰一笑都無法自如。

Frank 還是儒雅客氣的——保持著他一直以來致力於塑造的形象，問她是否方便回公司，有重要的事需要當面問她。他人剛到達浦東機場，稍微休息一下，明天就可以面談。

更儒雅的是他還聽出了陳見夏鼻塞，問她是感冒了還是遇見 something bad。

但也不妨礙他隨口一問之後，堅定要求陳見夏回上海。

陳見夏有些遺憾自己提前見到了李燃，渾身的狠勁都散了，若是再早一個小時，她或許會帶著 Frank 的大爺一起問候。

也不知道 Frank 知不知道大爺指的是親屬關係裡具體哪一位。

終究她還是回答：「好的，沒問題。」

因爲李燃溫柔看著，陳見夏連帶點陰陽怪氣的一句 fine 都講不出口。

她掛下電話，李燃問：「老闆電話？妳要回上海？」

「嗯，」陳見夏自嘲，「我覺得，應該馬上就會回來了。」

「工作要丟了？」

「有可能……我怎麼覺得你滿高興的。」

「看別人倒楣，誰不高興啊？又不是因爲妳特別。」

陳見夏笑了，還不到下午兩點，她大喜大悲，折騰得麻木，反而聰明了些。

「我聽出來了。」

「什麼？」

「你一直在跟我嗆著說話找碴，故意的？」

「放屁。」

「果然。」見夏湊近他，不在乎自己哭成什麼形象，盯得李燃偏轉目光，甚至按下駕駛座的玻璃，彷彿要順著窗口棄車而逃。

果然，多大年紀的狗，習性都不會變。

車忽然馬達轟鳴地往前躥了半公尺，見夏被嚇了一跳，差點叫出聲，轉頭怒目，始作俑者一臉無辜，問她：「到底吃不吃飯？我要餓死了。」

舊情人糾結在情愛上一定會吵架，但講起別的，往往比家人還親密。

陳見夏在爸爸的病情上沒矯情，救命的事情，她沒必要，如果眞的有半點作用，她下跪都可以，何況李燃不是攔路惡霸。

是他穿過了到處貼著「放射危險」的迷宮，準確地找到了她，在她溺斃前一刻將她撈出了情緒的水面。

李燃靜靜聽著，沒在這個話題上使半點機靈，這不是能氣人的事。

他們吃完了麵，陳見夏終於能買單，兩碗麵加一盤酸黃瓜，一共四十二點六元，她有些沒面子。

「吃飽了嗎？」做爲「請客」的人，她還是有資格關照一句的。

「還好吧，」李燃說，「難吃。」

又開始了。像個爲了讓你注意到他而四處惹禍的可惡小孩，你跟他講道理是萬萬沒有用的。

見夏將話題拉回正軌，「我查了一些文獻，剛剛在車上也把片子部分拍給了我學醫的同學，目前肝門靜脈癌細胞血栓病例普遍都是病灶在七週左右轉移，一旦轉移到主靜脈，癌細胞全身擴散……官方的死亡週期是二點五到二點七個月。」

李燃抓重點，「七週內搞不定，七週後就等死。那就是，七週之內需要完成肝臟移植。」

見夏點頭，又搖頭，「我也查過了很多，七週不是不能做，但絕對不是我爸這種能做得成的。有次忽然遇到ＡＢ型的肝，能配上血型的病人不多，以為天降喜訊了，等了一夜，最後還是給了別人。我媽媽總說其實按順序，我們排在前面的，但她也不知道捐贈肝臟具體的去向，可能是被害妄想症，總覺得自家沒門路關係，所以醫生說什麼都不信。也有可能，她猜的是對的。」

李燃不置可否。他明白陳見夏在說什麼。

上車前，他問：「妳要不要坐後座，還能躺下睡一會兒，我看妳好像是累了。」別對我這麼好。

陳見夏只是在心裡想想，講出口實在矯情賣弄得過分了。

她蜷縮在後座，枕著車上的一只小靠枕，還好是純灰色麻布紋的，上面沒有什麼讓她不安的少女心卡通圖案。

「有時候覺得生活是個黑箱子，你在這邊瘋狂輸入，傳進那個密不透風的黑箱，不知道裡面發生了什麼，也推不出機制原理，它忽然就吐出一個結果，吐出什麼你就接受什麼。」

見夏迷迷糊糊的，隨著車身起停搖擺，眼皮越發撐不住。

「輸入咖哩飯，結果給你吐出屎來，但也得吃。」

她放肆說完，隱約聽見李燃在前排大笑。

「那個黑箱子，對我是純黑的，但有些人看它就是半透明的，我小時候不明白，以為好好讀書，天道酬勤，一定能看清楚。結果還是看不清。」

許久之後，李燃的聲音彷彿從很遠的地方傳來。

「其實那天在店裡，我的確是去賣車的，賣了好幾輛，賣給那個女孩她爸。她眞的不是我女朋友。」

她沒聽淸後面的話，睡著了。

醒來時還躺在後座，車窗和駕駛座的門都半開著保持通風，車已經停在地下室不知道多久，但爲了開暖氣，一直沒熄火。

音響還播放著音樂，音量很低，柔柔的安眠曲。

她渾身痠痛地坐起來，看見李燃在車外打電話。

陳見夏沒有喊他。前擋風玻璃像布幕，她坐在狹小的電影院裡看他行走在不屬於她的戲裡，只希望散場的時間晚點，再晚點。

她忽然想起了一件早就該做的事，在見到李燃那一刻就該做的事，居然拖到了現在——連忙從副駕駛座上撈起包包翻找化妝袋，對著粉餅上的小鏡子看自己的臉。難得，沒出油沒脫皮，幸好出門只打了粉底遮瑕，沒畫眼線，哭也哭不花。

只有頭髮睡得亂糟糟。她拿出梳子，還是在南京香格里拉順走的那一支，匆忙梳了梳，還起了靜電，全貼在臉頰上，越發尷尬。眼見著李燃已經準備掛電話往回走，見夏把其他東西都收進包包裡，梳子隨手放進大衣口袋。

「醒了？」他拉開車門也坐進後座。

「你可以叫醒我的，又不是小孩了，」見夏看了眼手機，「都快五點了，你等我多久了？」

「沒停多久，一直在外面開，我自己也想轉轉。妳夢見振華了嗎？我們剛才經過了，我還繞著學校開了兩圈。」

「什麼都沒夢見，」她喃喃，「反而醒來看見你，覺得是作夢。」

「陳見夏？」

「嗯？」

他以前也這麼喜歡連名帶姓地喊她嗎？陳見夏記不起來，也來不及回憶，她被騙轉頭看他，猝不及防被吻住。

推在李燃胸前的雙手漸漸不再抵抗，音箱裡女聲輕柔唱著，Fly me to the moon, and let me play among the stars.

心臟好像被溫柔地握住了，因爲是夢，他帶她飛去月亮上。

In other words, darling, kiss me.

You are all I long for.

All I worship and adore.

# 六十九 ◆ Plan B

見夏坐在床邊低頭訂機票，夜裡還有一班十點半的。

公司電腦在她包包裡，身分證件也都在，登機箱裡只有應急的衣服和盥洗用品，不去拿也無所謂，下了飛機直接回住處就可以了……

她正在核對訂單，就差最後一步點擊付款，床上的人醒了，直接從背後靠過來，手不安分地從衣服下襬伸進來，「怎麼又穿上了？」

脫脫穿穿好幾次了。

見夏用盡全部力氣把他的手按下去，反身跪坐在床上一推，順勢把他整個人都按倒了。

「你能不能老實點？」

「這次妳要在上面？」李燃問。

趁見夏臉紅發愣，他抱著她一個翻身，將她壓在自己和柔軟的床墊之間，好像親不夠。

陳見夏掙扎得有氣無力的，更像是情趣。

「你有完沒完？」

「沒完。」李燃說，忽然笑了，「妳是在誇我嗎？」

差一點再次沉迷，手機振動，提醒見夏付款。

「我晚上要趕飛機。」

她一開始以爲李燃沒聽見，正要重複，李燃說：「那就倒數十秒好不好，我們再賴十秒鐘床。」

一邊讀秒一邊耳鬢廝磨，陳見夏讀了三個十秒，最後都不知道是靠怎樣強大的意志逃脫了他家引力強如黑洞的床。

纏磨太久，險些誤機。見夏在車上頻頻看時間，還好李燃車技靈活，機場高速公路也還算通暢。

「我就不去停停車場了，直接送妳去二樓出發口。」

「好……本來你也不用陪我進機場。」

「嗯，」李燃點頭，「送到安檢處跟妳隔著門揮手道別？傻不傻。」

見夏想起她第一次遠赴新加坡，過了安檢處的傳送帶，努力踮著腳跟爸爸招手，她讓他先走，他讓她先走，那時候有個念頭閃過，李燃一定會很討厭這種場面的，所以他才不去送她。

不是因爲恨她。一定不是。鴕鳥見夏告訴自己。

她給鄭玉清打電話，告訴她自己公司緊急有事，正在去機場的路上，行李就先放在家，處理完了她再回來。

鄭玉清那邊立刻就不對勁了，根本不聽見夏進一步的解釋，自顧自發起了瘋。她時好時壞，見夏已經習慣了，何況此前自己的確是個不折不扣的逃兵，好不容易回了家，讓爸媽有了她即將承擔起責任的期望，又在這個當口忽然消失，媽媽疑心發作也是正常。

見夏漠然聽著，將手機音量調到最小。她不能掛電話，媽媽會瘋得更厲害。幸好智慧型手機終於不漏音了，她不會再讓李燃聽見媽媽大戰二嬸那種盛況。

直到對方累了，她才說：「我剛才沒說完。處理完，我立刻回來。」

「那妳爸……」

「我會不管他嗎？妳好歹給我點時間問問我自己生活圈子裡有沒有人能幫忙吧？」

雖是反問，見夏的語氣卻平靜甚至很溫柔，鄭玉清火氣降了些許，但還是要追問：「立刻回來是多久回來，後天？大後天？」

終於設法掛斷了電話，車也開到了國內出發口。

「快走吧，不囉嗦了，飛機上再睡一覺吧。」李燃說，「治病是無底洞，需要錢，妳自己工作的事情還是好好處理，別感情用事。妳爸爸的情況我大概了解了，今天沒來得及說，我爸有個拜把兄弟去年換過肝，不過他們前段時間因爲錢鬧翻了——很大一筆，否則我也不需要走到賣車這一步，還要陪小女生作秀耍脾氣。那叔叔不一定會理我，但我會盡力問，妳等等我消息。」
見夏覺得荒謬。
他們花了很多年對彼此不聞不問，又花了很多時間像小學生一樣喜怒無常地互相攻擊，最後，花了很多時間在床上。
卻用最短的幾句話輕描淡寫概括驚心動魄的、真正的生活。
「好。」
她拎起包包，關上車門，匆匆朝著出發口跑去。
見夏坐計程車到家的時候已經接近凌晨兩點。雖然是老社區，一房一廳四十多平方公尺，但因為到地鐵站入口只需要步行五分鐘，房租也不便宜。
家裡幾天沒住人，更冷了。
她給李燃發訊息，「到家，平安。」
李燃回：「快睡吧。」
他們誰也沒給對方發送加好友的申請。
他還是她唯一一個發訊息的對象，和漫長孤獨的高中時代一樣，塞滿訊息欄的獨一無二的人，終於從那個珍藏著的、如今已經無法開機的孤獨舊手機裡轉移到了新的手機裡。
見夏在淋浴間沖了很久，身體終於暖和起來，她捨不得關掉蓮蓬頭，藉著水流回憶被他緊緊擁抱的溫暖。

驚醒的時候還不到五點半。

夢裡辦公室中喪屍圍城，喪屍中有一個人開膛破肚，內臟在往外流，是她爸爸。省城醫院賦予陳見夏無畏的匹夫之勇，她手握菜刀，身背人命，熱氣騰騰的國罵對著 Betty 脫口而出，勃勃生命力來源於她只想今天，不要未來。

但上海辦公大樓冷色調的清晨讓她迅速從夢裡醒了過來。權衡利弊的人很難勇敢。

到十九樓辦公室，Betty 已經等在大門處，她告訴陳見夏：「妳現在不能回妳自己的辦公區，直接來會議室，Frank 在等妳。」

Betty 的嘴角永遠有十度傾角的微笑，見夏預感到這或許是最後一次見到她，突然想到了剛見到 Betty 的那一天，一直覺得她像什麼，話在嘴邊總是差半步，現在謎底解開了。

古埃及神話中的怪物斯芬克斯。永遠在給人出題，永遠在微笑，它的存在本身比它的謎題更謎。

她走在見夏身前幾步，時不時掛著斯芬克斯的微笑回頭看一眼，彷彿陳見夏會逃跑似的。

見夏記得這些年 Betty 弄走的每個女生的臉。過程最慘烈的是一個櫃檯同事，本地小女生。Frank 某年發瘋要在公司嘗試更 flexible 的工作時間和工作環境，小女生比所有人都先響應，每天下午都會叫附近的炸雞外賣，把和她關係不錯的女同事們都叫到櫃檯喝十五分鐘下午茶。

二十樓是櫃檯職能部門，少有客戶來訪，櫃檯也不需要太顧及形象，女孩放鬆過頭，竟在 Betty 氣呼呼經過的時候熱情地喊她一起來。

Betty 做了多年一板一眼的國營企業人資，有自己的原則，跨不過去那種情緒，掛著似笑非笑的神秘表情看她們，好像這樣可以喚起摸魚員工們的良知。

大家都尷尬了。

「我大學剛畢業的時候，周圍的同學只有我一個人起始工資八百元，是最少的，但到今天，我是發展得最好的，知道為什麼嗎？我把公司當家，公司自然明白我的價值，我也會守護每一間公司。你們的行為我記下了，還有，妳，」Betty 對櫃檯女孩連名字都不肯喊，「妳是被推過來的，人事不得不接收，我不理解本地教育資源傾斜到這個程度，妳怎麼能只考了個大專，靠家裡推進來還不努力。心裡一點數都沒有嗎？以為自己光靠臉蛋能混一輩子？」

一段包含了奮鬥、女性獨立、控訴地域資源傾斜的混合演講，毫無預兆和邏輯，劈頭蓋臉地砸向她們。櫃檯女生氣得滿臉通紅，不能理解自己休息時間喊人吃炸雞為什麼被訓，明明全公司男男女女都喜歡她的。

可又實在講不出什麼反擊的話，於是上來便一句粗話：「外地人。」

除了陳見夏和 Betty，在場的都是本地人，但女孩不覺得自己把陳見夏也一起罵進去了，她們對她的情況不了解，默認她是個「新加坡人」，不知道她正為租房子和家裡房子的頭期款發愁。

恰恰是這些兩難微妙的瞬間讓她成長。

Betty 夠狠，透過 IT 部門調出櫃檯女孩的內部網路訪問紀錄，把她平日裡瀏覽過的耽美、情色小說、盜版網站連結和網頁快照列印了厚厚一疊，當眾把她開除。

而櫃檯女孩離開那天，飆了最大音量的上海話 rap，Betty 這些年來在公司流傳的離婚、結婚、不孕不育的所有八卦都被傳到了檯面上。

當時 Betty 還不是人力資源總監，但經此一役，她成爲了 Frank 心中「不體面、同事關係緊張、死板」卻一定會留下來的忠心耿耿的員工。

Frank 也有他自己的 flexibility。

走廊長得像走不完。

陳見夏不願意承認，她是懂得 Betty 的，至少在那一瞬間。第一次和李燃吃串串，就因爲他提及自己和振華風雲人物們關係好，陳見夏的思路就能從自己的縣城出身，一路跑偏到有什麼資格和男生拉拉扯扯，然後連個招呼都不打便朝著宿舍大樓狂奔，要靠做十份考卷來安定自己內心噴湧著的混合了嫉妒與憤懣的火山。

做「好學生」做到瘋魔的 Betty 是當初的她，氣到口不擇言開地圖炮放大招的櫃檯女孩是醫院裡的她，陳見夏一路前行，忽然意識到，她曾見到那麼多個她自己，平日裡混合在一起，被皮囊包裹得完完整整的血肉之軀，實際上已經被生活用核磁共振切片剖得清清楚楚，黑的白的，全部擴散。

她當初到底是多麼幸運的一個人，在這麼多醜陋的切片中，恰好讓李燃遇見了值得愛的那幾張。

終於，Betty 用半個身體的力量推開了會議室新安裝的陳舊木門，說：「Jen，請進。」

但看見會議室裡面的人，她們倆都愣住了。尤其是 Betty，斯芬克斯不笑了。

Frank 坐在老闆位置上，一側是 Jim、David。

另一側竟然是 Serena 和 Simon。

陳見夏對 Frank 打了招呼，對其他人只是點頭致意，她不知道自己應該坐在兩側的哪一側，索性直接問 Frank：「我坐哪裡？」

Frank 聳聳肩，說：「I'm not sure yet.」

陳見夏忽然有些明白了他爲什麼一定要把自己叫回來，或許在公司發生的這件大事上，Frank 自己也不知道這位 Jen 是坐在哪一個陣營的人。

於是她坐到了長桌和 Frank 斜對角的位置，跟他們所有人都保持距離。

對情況做簡述的是 Betty。

公司的競爭對手不少，但最傷 Frank 心的莫過於捷訊，一家發源於上海本地的電商，初始階段便獲得了包括知名天使投資以及深受本地中老年人歡迎的老牌電視購物節目的注資，它的創始人團隊一共六個人，其中五個是 Frank 在十年管理實習生計畫中培養出來的心腹。

公司自然是覺得這五個人忘恩負義，但老頭對 Simon 這樣的外籍親兒子的偏袒和喜怒不定的個性，也是五個中國人毅然離開的原因。

無論如何，這家小而靈活、專注長三角的新公司，是在 Frank 心口扎過一刀的。陳見夏休假期間，幾家數位供應商莫名其妙倒向了捷訊，雖然沒造成什麼損失，但 Frank 嗅出了背叛的味道。疑心病老頭最恨的氣味。

經過 Betty 的調查，捷訊內部的熟人痛快承認，許多內部機密數據都是從他們公司自己流出來的——這麼迅卽的認可，很難說不是故意在氣 Frank。

Betty 的眼線甚至還拍到了幾張洩漏的紙本表格。

陳見夏終於聽明白這件事情究竟是在哪一個環節扣上了她。問題就出在了 Jim 讓自己親自去列印的那兩份紙本數據上，恐怕是被聯合做局了，跑不掉了。

「Jen，」Betty 說：「妳有什麼要解釋的嗎？只有妳有權限，現在也不是出季報的時候，我透過自己的途徑搞到了對方手裡這幾張截止到季度中期的數據，源頭只可能是妳。我的簡述就到這裡。」她朝 Frank 冷靜專業地點點頭。

但目光卻不安地飄向了對面的 Simon。

看來，Betty 也不明白休假多日、只差辦個手續就能滾出上海的 Simon 爲什麼坐在這裡。

陳見夏反問了一個在場所有人都沒料到的問題：「爲什麼內部審計的人不在，但 Serena 在這裡？」

Betty 代替 Serena 發了言：「她在妳部門輪值，我們內部做調查的時候，開導了她很久，她是新人，有很多顧慮，但最後還是告訴我們，週五臨下班前，數據是妳出的，親自去列印，不許他們經手。」

見夏還是看著 Serena，「然後呢？」

假如 Serena 和 Betty 他們是站在一起的，那必然會在 Frank 面前隱瞞兩份文件經她的手傳遞給了 Jim 的事情，Betty 今天敢把 Serena 叫來作證，應該也是篤定她的作證的內容到影印間為止。

那麼 Serena 為什麼會和她默默喜歡的、早已出局的 Simon 坐在一起？

她又去看 Jim 和 David。色鬼 David 似乎前一天晚上又喝多了，宛如局外人，而 Jim 明顯神色不對勁，沒有一絲絲平日指點江山的領導派頭，和 Betty 興致勃勃抓內鬼的樣子對比鮮明。

一個想法在見夏腦中漸漸成形。

她最後看了一眼 Simon。Simon 低著頭，托腮掩嘴，皺著眉彷彿在思考。

但陳見夏知道，他每次做這個動作，都是在偷笑。

Serena 坐立不安，一副被在場大佬壓制到不敢講話的新人樣子，等著見夏為自己澄清。

見夏應該咬 Jim。但她沒有。

「是我的錯，Frank，實在對不起，我出具數據時沒有發送報備文件 CC 給你，而是盲目信任了……」陳見夏停頓了一下，搖搖頭，「沒有藉口，我爲我的不專業道歉，接受公司的一切處理決定。」

見夏嘆口氣，「另外，做爲在我部門輪值的Serena，目睹了我不按規定的操作，卻出於對上級的敬畏而不敢指出，我非常能理解她，但客觀上也給公司造成了相當的損失，我希望公司秉公處理我，但對她從輕發落，她的職業生涯剛剛開始，希望Frank你能給她一個機會。」

Serena震驚地抬頭看她。

陳見夏巋然不動。

就在Betty要開口作總結陳詞的瞬間，Serena激動地拿出手機，「Jen把文件列印出來之後，讓我去送到Jim的辦公室……我拍下來了，後來Jim叫了同城快遞，我都拍下來了！」

陳見夏在Betty臉上看到了一朵傲雪寒梅迅速開花敗謝的全過程。她不敢置信地去看Jim——不是不敢相信Jim會「通敵」，而是不敢相信，她竟然被蒙在鼓裡。

整個會議室裡唯一的小丑。

Jim和David沒能再踏入自己辦公室半步，按照慣例，人資和內部審計會聯合處理被Frank緊急開除的高階管理人員，他們只能帶走經過審核整理後的私人物品，不會有觸碰公司電腦、文件、印章等的機會。

但這一次人資沒有參與，是前段時間宛如死掉了一般的內部審計部門全權接手——見夏這時才知道，Frank 一直沒有把內部審計交出去，郵件審核權居然一直都在 Simon 手裡。

Frank 到底還是給自己留了一道防備。

Simon 和陳見夏被單獨留了下來。Frank 的臉陰沉得宛如雷暴將至。

「我爸爸生病了，週五著急回家，Jim 又是你最近十分器重的執行長，他讓我出數據，我沒有懷疑什麼。新高階管理人員集團對我們這些職能部門形成的壓力很大，我當然知道你看重 loyalty，但是對你本人的 loyalty 是一回事，對公司的是另一回事，你不在的時候，誰可以代表公司？Jim？David？新的高階管理人員也不斷在用他們職責權限內的事情測試我們的凝聚力和忠誠度，我也每一天都在作出自己的判斷，但我承認，這一次的判斷嚴重失誤。坐進這間會議室之前，我對發生了什麼一無所知，剛才我已經什麼都不想辯解了，只想著承擔我自己的這部分責任。要不是 Serena 說她拍了影片，我完全想不到 Jim 才剛剛辦過隆重的高階管理人員簽約儀式，竟然會和別的公司……」

陳見夏主動解釋。

她把話說盡了。平日裡心不在焉的 Frank 現在精神高度集中，她的言外之意，他一定聽得懂，愛不愛聽就是另一回事了。

Frank 什麼都沒有說，轉頭看著 Simon。

陳見夏問：「需要我迴避嗎？」

Frank 沒理她，Simon 聳聳肩，輕描淡寫道：「內部審計很久沒收到匿名郵件了。這一封，我看見的時候預感就不大好，問了 3C 那邊的 Peter，他們的確被捷訊搶了單，兩件事情或許有聯繫，不過我也只是轉給你，調查的過程全部都是 Betty 那邊做的，具體怎麼回事，我也是剛剛在會議室裡才聽到。」

內部審計很久沒收到匿名郵件了嗎？那她發的那封 David 對女同事 sexual harassment 算什麼？

陳見夏閉上眼，翻了個白眼。

她和 Simon 一起走出會議室，在門口等了一會兒，聽到厚重木門裡隱約傳來摔東西的聲音——隔音這麼好，地毯那麼厚，看來摔得是真狠。

像第二隻靴子落地，他們都鬆了一口氣。怕就怕 Frank 不發洩，只要還能摔東西，半小時後，他還是個儒雅老華僑。

「喝杯咖啡？」Simon 邀請。

特意走得遠了些，過了兩條街，頭頂梧桐樹的葉子枯萎一片，天氣越來越冷。

「沒有什麼想問我的嗎？」Simon 舉著兩杯美式咖啡走到陳見夏對面的沙發上坐下。

「內部審計的匿名郵件是不是你讓 Serena 發的？」

Simon 笑了，「她先來找我的，有重要的事要說，我請她吃了個飯。」

「你就不怕重要的事其實是表白？」

Simon嘆口氣，做了個「拜託」的表情，繼續講：「妳知道Jim大膽到什麼地步嗎？他居然隨手就把信封遞給了Serena，讓Serena幫他寄同城。從妳手裡調的數據，寄到捷訊所在的辦公大樓，Serena當然會拆開偷看。我真的不明白他腦子裡在想什麼。」

「你應該不敢全盤相信Serena的話吧？」

「當然不敢。不過這期間我聽說了一些事，也許Jim認為Serena是『自己人』了。Peter說，你們在南京玩得很high？」

陳見夏皺眉。工作這些年，她早就知道，男人最是嘴碎。

「他們本來都以為Serena是個乖乖女，結果面對David……總之，幾次聚會，他大開眼界。Jim他們可能以為自己已經征服了這個小女孩，領導派頭起來了，所以讓她隨手做點事，馬失前蹄。或許在他以前的工作環境裡，小女孩是翻不起大浪的。」

Simon冷靜地評述著一個無比幼稚、試圖左右逢源、最後卻還是因為不堪忍受鹹豬手、桃色傳聞以及自尊被放在地上踩而逼急了咬人的兔子小女孩。陳見夏心中發冷。

Serena在找Simon吃飯時，一定不會主動講起這段時間的屈辱——尤其當這些屈辱有一部分是來自她的主動索求。

然而Simon都知道，他當時一定靜靜聽著，細心安慰，然後教她應該如何發郵件，哪些話該講，哪些話不該講……

陳見夏想起那段時間Serena一直試圖向她求救。她也以為自己幫了她，在自保的範圍內，有分寸地對小女孩施以援手了，原來是遠遠不夠的，這種「不夠」讓她也成了

Serena恨的人，甚至比恨喝交杯酒的David更多一些。

當她藉著酒勁指著陳見夏大喊你們不要放過Jen的時候，她更恨Jen。

「其實Jim不是不懂小女孩……」見夏說。

Simon笑著接上：「他是不懂Frank。」

「Jim和捷訊聯繫，是在給自己鋪後路嗎？」

「或許是吧，覺得留不久了，我知道他對Frank誇下海口，恐怕沒想到業務會那麼難做。他給自己鋪後路，是不會告訴Betty的。」

「但萬萬沒想到這麼點小事會被小女孩拍下，沒想到小女孩喜歡你，把證據送到你面前。」見夏看著他，「你很幸運。」

Simon用咖啡代酒，和陳見夏碰了一下，「不是我幸運，是我應該謝謝妳。妳讓我忍一忍，Jim留不久。我當時太急躁了。」

「Serena會怎麼樣？」

見夏問完便看到Simon疑惑的眼神，「不必這麼假惺惺，Jen，剛剛在會議室，要不是妳把她拖下水，她打定主意一個字都不講，讓妳和Jim他們對峙互咬，妳不是很清楚嗎？」

陳見夏笑容燦爛，「說得好像你沒打算把我拖下水一樣。」

「因爲我相信妳做得到。事實證明我猜對了啊，Jen，我說過妳很強大。」

見夏恍惚。明亮的日光照出空氣中飄動的浮塵，反而讓她覺得不真實。過去的十年彷彿一閃而逝，最近每一天卻都清晰如浮塵，昨天差不多這個時候，她還在李燃的懷裡大哭，說自己很不好。

現在面色如常地接受另一個人評價，妳很強大。

她沉默了。

Simon 也知道自己的花言巧語有些牽強，轉移了話題，「與其擔心 Serena 不如考慮妳自己，妳想暫時停職，還是爭取 N＋2 的賠償金？」

「我聽說我們有先例，最多可以拿到 2N＋2。」

「拿最多的那個是倉庫主管，加班險些猝死，妳在跟我開什麼玩笑？」

「那取個中間值囉，我想要比 N＋2 多一點點。停職才是開玩笑，一個星期，獵人頭公司可以找到十個 Data Mining 做得比我好的，停職？」

「妳的情況不一樣，」Simon 難得眞誠，「妳需要的是錢嗎？我如果沒記錯，妳的服務期還有一年就到了，不準備拿身分了嗎？」

見夏不語。

她當然需要錢，只是她從不跟 Simon 聊這些。而 Simon 所講的，也正是她的心結。

「妳已經在國內很久了，要重新回到新加坡的公司，沒那麼容易，妳確定要在這種時候離開嗎？」

Simon 以爲見夏被說服了，他心情不錯，問：「晚上要不要一起吃飯？」

見夏告訴 Simon，按道理，自己現在還在休假，她準備晚上就回家。

Simon 愣了一下，但他從不問她的家事，只是說：「Frank 那邊，我會盡力幫妳周旋。」

「謝謝。」她不信。

「如果，我是說如果，我周旋失敗了，妳有 Plan B 嗎？」Simon 自問自答，「應該有的吧？我記得妳前段時間去參加了ＭＢＡ的面試。」

陳見夏喝完最後一口咖啡，紙杯輕飄飄倒在了桌面上。

「我的人生一直都在執行 Plan B。」

除了給俞丹下跪那一次，她在每個分岔口走的都是給自己留的後路，走到南轅北轍。

# 七十 紅白

陳見夏隔著語音電話聽見了大海的聲音。

「你又衝浪呢？」她問，「不方便說話我就晚點打給你。」

「說吧，我正收拾東西準備撤了，」溫淼聲音歡快，「今天沒風，海還沒我浪呢。」

見夏無語。

「我想問你一件事。」

溫淼語氣忽然變了，「那妳得趕緊！」

「又怎麼了？」

「起風了，我再看看，可能要來浪了。」

「一會兒再浪！」陳見夏喊完連忙降低音量，淮海路人潮熙攘，好幾個人回頭看她。

「那我趕緊問，你SM2服務期內去紐約讀Master是怎麼申請下來的？兩年多吧？罰你違約金了嗎？」

「這位姐妳到底要問幾遍啊，當年我就跟妳講過，每次打電話都問這件事，妳是教育部臥底吧？就想罰我這條漏網之魚對吧？我不會上鉤的！」

「再跟我說最後一遍，」陳見夏嘆氣，「我這次可能眞用得上，一定記住。」

溫淼本來正跟朋友嘻嘻哈哈，聽到這裡，說：「妳等一會兒。」

過了一會兒，電話另一端安靜了許多。

溫淼的語氣正經了許多，「出什麼事了？妳……我算算，妳不就差一年了嗎？」

「你先回答我的問題。」

「好，」溫淼清清喉嚨，「我正式回答妳，妳這次記清楚了——沒人管。」

輪到見夏傻眼了，「沒人管？」

「對啊，當時選拔的時候說得嚇人，畢業之後不工作滿六年這不行那不可以的，其實根本沒人管，他們就當是妳自己放棄了。移民局巴不得少幾個人排隊呢。妳以爲我們這些留學生有多珍稀啊，現在來讀研究所工作的那麼多人，SM計畫都多少年前的事了，以前可能還想著做吸引移民的長期計畫，現在不缺人，教育部懶得從妳口袋裡把獎學金往回要了。」

「你當年，好像，不是這麼跟我說的。」

溫淼笑了。

「唉，這不是這幾年慢慢懂了一點國際形勢嘛，而且萬一他們翻臉不認人呢，我也不能到處跟人宣傳說不用把服務期當回事，該跑路就跑路，回來還能續……這樣不好吧？」

陳見夏知道他此前防著她，但一點埋怨的情緒都沒有。他現在肯和她講實話，已經遠遠超出他們實際的交情了。

雖然見夏與他時隔一年通話依然熟絡又隨便，不需寒暄，但那是溫淼自帶的本事，不是她的。

溫淼是南洋理工的，因爲高二就參加了SM2項目，所以比陳見夏早一年上大學，嚴格意義上算她學長。NUS（新加坡國立大學）和NTU（南洋理工）兩校留學生經常舉辦以學生公寓爲參賽單元的乒乓球友誼賽，溫淼是見夏大學入學那年的男單冠軍。

據振華其他在國立大學讀書的人說，剛去新加坡讀先修班的時候，溫淼有兩句知名口頭禪，第一句是，你是振華的？第二句是，你認識余周周嗎？

後來在乒乓球賽認識了陳見夏，他果然問了這兩句。

再後來，聽說他交過很多女朋友，這個人天生招人喜歡，倒也不出見夏意料。或許是被女朋友揍多了，也或許是年少時光淡退，再也沒聽他問起過余周周。

「所以，你現在是續上了，不怕講實話了？」

溫淼嘿嘿笑，算是默認了。

「那妳到底是想問跑的事還是問續的事呢？」他問道。

簡單卻犀利的問題。陳見夏自己也不知道。

許久之後，她說：「如果能續，我再跑。」

陳見夏回到住處，打開空調，蜷在出風口，藉著那一點點暖意給自己列待辦事項清單。

房子是先付租金三個月、押金一個月，她上個月剛繳過房租，後兩個月可以先放著，臨走前用超市買的防塵罩把電器、床、沙發和盥洗用品架鋪好。說不準爸媽還要住到上海看病，沒必要更沒精力爲了兩個月房租而轉租出去當二房東。

公司這件丟人的洩密事件波及甚廣，牽扯到整個新管理層，Frank自己臉上掛不住，陳見夏無法預測未來將會面臨什麼，但 Betty 自身難保，人資部門動盪客觀上可以幫她拖延時間。

反正只有七週。

破空調怎麼吹都只能溫暖出風口正下方幾平方公尺的範圍，陳見夏蹲在地上仰頭看著它。

那麼努力，卻那麼沒有用。

她訂的是最早的航班，反正也睡不好，越早的越便宜。

四點就要起床了，凌晨一點陳見夏還是沒睡著，她翻來覆去，打開和李燃的訊息頁面，一共五條訊息，看來看去。

其實只想說兩句話。

「你在做什麼？」

「爲什麼不和我說話？」

像情竇初開的少女，在對話框打了刪刪了打，最後放棄了。

其實也可以問爸爸的病情，這明明是最重要的事情。但無論是用生死攸關的事情來開啟曖昧對話，還是用舊情分逼迫李燃幫她尋找肝臟移植人脈，都不是她想做的，偏偏這兩件事本來就密不可分。

也難怪他說她還是很矯情。或許應該把 Simon 的照片設成手機螢幕鎖定圖，看一眼便強大一點，陳見夏請 Jen 上身。

傍晚她把工作和房子都安頓好之後，見夏便給她認爲能幫得上忙的人全都發了訊息，無論對方是獵頭、公司已離職同事、天南地北大學高中初中小學同學，甚至包括幫她代購日本帆布包的女孩，只因爲依稀記得她說過自己家姨媽在三〇一醫院。

用一套差不多的病情案例發過去，省了別人追問的時間，方便轉發，竟荒謬得像在正月初一拜年。

回這些人的訊息花了她近兩個小時，對話框才漸漸平息下去。有些前同事打著探病名號卻只藉機聊公司八卦，也有些老同學問東問西，全衝著她本人來，詳細得像查戶口，最後丟一句，還沒結婚呢？

見夏的心態極平和。

最後只有兩個人主動提出了幫助。一個是王南昱、饒曉婷夫婦，問她爸在省城哪家醫院，他們可以幫忙轉到醫科大學附屬腫瘤醫院；另外一個是楚天闊，他告訴她，凌翔茜的姑媽是北京西城區某醫院的肝膽外科主任醫師，或許知道一些可操作的內幕，明天再聯繫她。

反而是陳見夏這個最討厭別人以病爲理由窺探隱私的事主本人，驚訝地連發幾條訊息：「班長？你們？是我想多了還是……」

還沒等楚天闊回覆，她先收到了來自凌翔茜的好友申請，ＩＤ名叫「凌翔Ｑ」，見夏沒忍住，笑出聲了。

高一時常常有人問這個多音字到底該讀「西」還是「倩」，把凌翔茜問煩了，連唸了三遍「倩」，對方女生眼淚汪汪，說：「我就問問，妳怎麼罵人？」

凌翔茜連忙道歉安撫，但影響還是造成了，有一部分人就是覺得她恃美行兇，罵別人「欠」。余周周很困惑，半是自言自語半是對陳見夏感慨，凌翔茜果然是長大了，都開始管理形象了——她小時候一定會把膽敢在面前找麻煩的無論男女騎在地上打，哪會讓人這麼欺負。

或許是網路讓人的幽默感回歸了，陳見夏通過了大方的「凌翔Ｑ」的好友申請，還在思考如何開口打招呼，對面連續四條幾十秒的語音訊息飛了進來。

「陳見夏嗎？我聽楚天闊說了，事情緊急，是妳爸爸對嗎？妳不介意的話……妳現在也沒工夫會介意了吧，我把情況都跟我姑姑說了，她說移植的水還滿深的，不想跟我聊訊息，我明天直接和楚天闊去她醫院一趟，大概是怕網路上聊天留下什麼話柄。妳別著急啊！」

聽聲音就知道主人漂亮。更難得的是，沒了高中時勢造就的憂鬱與不得已而爲之的溫柔恭儉，充滿活力。

陳見夏刪掉自己做作的致謝文字，也直接回語音訊息道：「明天我等你們消息，後天也可以，我不客氣了。」

這時候楚天闊的訊息也發回來：「我們正好在一起。」

陳見夏有些受不了這種元宵節漫天掛燈謎的氛圍了。是情侶正好約會，還是老同學正好一起吃飯，還是……

陳見夏決定自己去調查。

她點開楚天闊的社交網站，和她印象中一樣，偶爾發一、兩條也是宏觀經濟評述和新聞，連自己的觀點都沒有，光禿禿的兩個字：轉發。

又點開凌翔茜的社交網站，第一條便是今晚七點半發的，九張圖，六張是菜和環境，後三張是，紅酒，戒指盒，相握的手。

陳見夏幾乎要尖叫出來。

她給凌翔茜發訊息：「你們是訂婚還是……」

凌翔茜這一次回得更乾脆，「只是重新在一起。他追我哦！」

還是莽撞的小公主。許多人在這個年紀都沒有確定的伴侶，也並非完全單身，唯一的默契是不秀恩愛、不昭告天下。社交網站的縫隙漏下去了多少未盡的秘密情緣，大家都不願自己的情史接續點被旁人一段段拼湊，當作不在場時的談論話題。

但凌翔茜活回去了，回到了余周周口中揪著別的小孩騎在地上打的囂張年紀。

像一縷陽光照進了夜裡，比頭頂一直咳嗽的空調都暖。

見夏笑著回了一個字：「勇！」

凌晨一點，李燃沒有給她發任何一條訊息，好像默認她已經在上海溺斃了。

陳見夏再次翻出凌翔茜的訊息看了一遍。

「只是重新在一起。他追我哦！」

陳見夏想了想，也把李燃的手機號碼複製、輸入到添加新好友的對話框中，點擊「搜索」。

頁面蹦出來一個人，名字就是「李燃」，所在地牙買加（應該是亂填的），個性簽名無（應該是懶得填），想看更多，只能點擊「添加到通訊錄」。

陳見夏選擇點開了他的頭像。

頭像是兩個人，女孩站在前面，舉著自拍桿，食指拇指搓在一起比心，笑得燦爛，身後是李燃，一臉無奈，雙手插在口袋，閒閒地靠著電線杆站立。

陳見夏冷著一張臉，將頭像放大再放大，直到照片像素和手機螢幕都承受不起她沉重的好奇心與妒忌。

電線杆上寫的是日文，應該是兩人一起出遊的時候拍的。女孩的五官看著像車行裡那個漂亮女孩，但見夏不敢確定。濃重濾鏡下的美人都是相似的，醜人各有各的醜。

陳見夏對著頭像照片點擊「保存」，然後退出網站。她很快就睡著了。

雖然這意味著兩個小時後醒來會比熬著不睡更痛苦。

陳見夏這一次提的是託運大箱子，多裝了幾件外套，護膚化妝品也帶了成套的，做好了回家至少一個月的準備。她敲開家門的時候還不到上午十點，不料客廳濟濟一堂。

陳見夏用了一點時間才辨認出那個滿臉笑容、有些「幸福肥」的人是從不搭理弟弟妹妹的大輝哥。

「二嬸，大輝哥。」見夏拿下被室內水汽糊了一片白霧的墨鏡，乾笑，「這是……我應該叫侄子對吧？長這麼大啦……別抱我，姑姑身上冷，有寒氣，剛從樓下上來，你別感冒了！」

侄子對她伸出右手，手心上攤，陳見夏一開始沒反應過來那個姿勢是要錢——她竟也伸出手輕輕地握住了小西瓜頭的手，搖了兩下。

「你好。」見夏說。

客廳裡的氣氛更尷尬了，鄭玉清終於從廚房趕過來，一把撈起小男孩放回到大輝哥老婆懷裡，跟見夏說：「趕緊進屋換衣服，箱子也帶進去！」

陳見夏終於反應過來小男孩是在討要她拖欠了六、七年的壓歲錢，正要說給孩子包兩百元，發現媽媽正在瞪她，還在手臂上掐了兩把。

鄭玉淸回頭對客廳裡的人說：「她加班一晚上，早上天不亮就飛，不知道你們來，趕緊讓她補覺去……小偉！給你姐把箱子提進去，輪子髒，別沾地，我剛擦的！」

陳見夏幾乎是被推著送進了小房間。

她隔著門聽他們聊天，漸漸明白過來。

二嬸他們自然是來探病的，但沒想到見夏忽然回到家裡，話題就偏轉了，二嬸拚命提及當年奶奶家那間房子現在什麼都不值得了，要不是爲了陪老人家最後一程，誰拿老縣城的房子當回事，還不如給見夏爸爸，環境熟悉，是個歸宿。

鄭玉淸白天淸醒得很，從不頭痛，她拍著大腿應和：「可不是，當初我們也就是想看看媽，這讓你們給防的，人啊，掙不過命，現在一下子都劃進省城了，你說當初誰想得到呢？有那後悔的工夫，趕緊上車，房子越來越貴，孩子還得上學，拖不起！」

揚眉吐氣的鄭玉淸差點中計，二嬸此番前來的眞正目的不是和妯娌比拚誰過得好，是來比慘的。

「大輝的孩子念學前班花錢，現在的孩子啊，你們是不了解……馬上要上學了，一定不能還住在老房子，老陳家就這麼兩個獨苗，小偉還早，房子你們也置辦好了，大輝家這孫子是老人盼星星盼月亮盼來的……」

鄭玉淸也反應過來了，她的應對是：大罵陳見夏不中用，出國這麼多年就是個銀樣鑞槍頭，沒有眞工夫，表面見光四下漏風，國外消費那麼高，就是不聽話不回家，光往她身上撒錢了，也不知道什麼時候能見到個回頭錢，現在老陳有病了，全靠小偉，萬一手術，房子都得賣了喝西北風……
鄭玉清說到這裡，嗚嗚哭起來，拉著二嬸的手說：「還是親兄弟，一家人，你們有心了。」
「你們有心了」讓二嬸心驚肉跳。本來是來借錢買房的，現在反要被哭窮，一家人火燒屁股，隨便結了個尾便走。
等大門關上，陳見夏鬆了口氣。她有幾分佩服鄭玉清，這張嘴不來對付她的時候，還眞不是一般的爽利。
見夏剛聽得入神，沒注意到手機振動，拿起來才注意到一個未接來電，來自李燃。青天白日，見夏彷彿從沒有爲那個訊息頭像哭過，她輕鬆地回撥過去，說：「我早班機剛到家，怎麼啦？你是打聽到什麼了嗎？快跟我說說！」
李燃在電話那邊沉默了一會兒。
「妳怎麼了？」
「我怎麼了？」
「爲什麼語氣這麼奇怪？」
陳見夏笑得更燦爛，語氣陽光，「家裡遇到這麼大的事，我總不能也愁眉苦臉的，他們會更撐不住。有事你說。要是我爸的事，我得先跟你道個歉，千萬別因爲我之前哭啼啼求你幫忙就勉強自己，我問了一圈，大家都說難度很大，別因爲我們過去的交情……」

沒想到李燃直接把電話給掛了。

她呆坐在床上很久。

手機訊息響起：「我一會兒到妳家樓下，當面說。昨天我能問的都問清楚了，明天盡快幫妳爸爸辦進腫瘤醫院住院，再申請從腫瘤醫院轉天津，這是唯一的辦法，必須先按照流程轉到指定醫院，才有運作的可能性。」

見夏盯著文字，腦子白茫茫，世界中央坐著一隻小丑，是她自己。

鄭玉清這時候推門進來，東拉西扯一通，見夏只看見她的嘴巴動啊動的，話不往耳朵裡鑽。

「媽，」她打斷，「爸醒著嗎？」

「剛剛不想讓妳二嬸他們抱著孩子進去鬧他，就說已經睡了。醒著呢。」

「那妳叫小偉一起去你們的臥室，我有話跟你們說，昨天來不及，現在我專程回來處理了，你們需要有知情權，我們全家人不能互相拖後腿。」

鄭玉清畏縮了，她不想聽。

她知道小偉表面上不當一回事的那個小腫瘤並不簡單，本能地向後拖延，好像即將迎來的不是擴散轉移和死亡，而是二十三掃塵，二十四祭灶王爺……宛如過新年，不過是個即將到來的，無喜無悲的「日子」。

一家人圍聚在爸爸床邊，見夏盡量淡化了「七週」的時間點，只是說，趁著癌細胞血栓沒有長大和轉移，要盡快做移植的準備。

「我們這個家境，這麼短的時間，還找什麼人啊，移植能碰上就是坐享其成，他肝硬化等這麼多年了，妳當我和妳爸心裡沒數啊……妳在外面倒是輕巧，回來就跟要主持家裡大事似的，說得跟之前沒做成是我們沒本事一樣！」

鄭玉清說著說著便開始嚎啕大哭。

陳見夏愕然，她已經無比溫和，媽媽又是怎麼把話扯到這個角度的，誰責怪她和小偉沒本事了？

見夏忍住了爭辯的衝動。她告訴自己，這是妳回家的代價，一踏入這個房門，邏輯就捲成了漩渦，沒道理可講，她既然早知道，真正面對的時候就要撐得住。

「我們就是小老百姓，遇上了就是倒楣了，這幾年妳不在家，不知道我們是怎麼過來的。七週找捐贈肝臟，就算找到了，那錢是我們能付得起的？中間人、開刀醫生，哪個不需要打點？錢是大風颳來的？萬一失敗了呢？」

「什麼手術都會失敗，我只是提前告訴你們，我們得試一把，各種途徑、各種辦法，這是關乎性命的事。全家必須齊心，爸，你也得打起精神，得相信……」

「妳知道妳爸的心願是什麼嗎？病的這幾年，他老唸叨，女兒要是能回家就好了。」鄭玉清抽噎。

「我現在回來了，以後也會常回來。」

「那以前呢？以前怎麼不回來?!」

忍住，忍住，陳見夏。她在心裡默唸自己的名字，唸著唸著，發現竟然是念 Jen 比較好用。

忍住了。

鄭玉清看女兒不吭聲，繼續說：「另一個放不下的就是小偉。我老覺得妳弟能找個更好的，但爲了妳爸，沒工夫再拖了，那也是個本分人家，兩家都定下來了，也見過親家了。老陳堅持著也就是想看你們成家，他別的都不求……」

陳見夏看著病床上閉眼不言的父親，他不說話。

媽媽還在說著，越來越絮叨，意圖卻越來越清晰：紅事接白事，親戚朋友收點錢，可能是父親能爲兒子、爲這個家做的最後的事情了，錢往治病裡丟，不如化成一頓喜宴、一頓喪宴，丟到小偉和兒媳自己的口袋裡。

「以後還有孫子、孫女，到處都要花錢，爲這麼個病，把家底都掏空了，他活也活不痛快，小偉，和妳，以後怎麼辦？」

「和妳」兩個字是鄭玉清腦筋急轉彎加上的，陳見夏聽得出來。

電視上演的都是騙人的，一家人關起門來聊的話，比保險精算師還條理分明。

她收起了被家庭氛圍感染的悲戚神情，感覺自己只是坐在會議室裡，面對的是另一群 Betty。鄭玉清哭著哭著感覺到女兒不對勁了，通身的氣質都變了。

「爸，」陳見夏平靜地問：「如果移植成功，醫生說五年存活率還是不錯的，你想活嗎？」

「妳這孩子怎麼說話呢?」鄭玉清急了，站起來想拉扯陳見夏，被小偉拉住了。

「媽，媽，別這樣。」

這是小偉全程講的唯一一句話。

「我之前叫你們來一起談，其實是想求得你們的諒解。我怕你們對移植抱很大希望，但女兒沒本事，很可能怎麼努力也做不到，這個事情又很緊急，希望你們別怪我。但我沒想到，你們原來連移植都不想做。」

爸爸醒著，整場鬧劇裡他都閉著眼睛，在最後一刻，他睜開了眼，靜靜看著女兒。他沒有說他不想活。

陳見夏心中清明。

她也從床邊站起身，「既然如此，我沒有任何心理負擔了。我做我該做的努力，沒成，就跟你們預料的一樣，省錢了，成了的話，選擇權在病人自己手裡。」

# 七十一 別的女人

都沒有耐心等到第二天，見夏和李燃商量了幾句，決定讓她爸爸下午就住進腫瘤醫院。

兩人在車後座上聊著聊著，達成了一致意見，肝門靜脈癌細胞血栓凶險，早半天是半天。

李燃沒有跟她細說自己費了多少工夫找到已經和他爸爸結仇的叔叔，又是怎樣討到了那麼多流程門路和「中間人」的聯繫方式。但她看得出來，前一天晚上他沒少喝。

「那個叔叔剛換過肝，能喝酒嗎？」

「自己玩不了，就帶一群兄弟看別人玩，過乾癮。以前自己喝，還知道仲控制著點，現在都是下面的人替喝，勸起酒來像憋著股勁要別人的命。媽的，心理變態。」

陳見夏低下了頭。人說大恩不言謝，她終於明白什麼意思了，不是刻意不說，是講不出口。

「我可不是跟妳訴苦啊！妳別感動哭了。」李燃撇清，還誇張地往旁邊挪了挪，好像怕被陳見夏的眼淚澆到。

然後他發現見夏一臉沉靜，沉靜得有些可怕。

「下次要不然還是帶上我吧。」陳見夏說，「如果有下次的話，我也能喝一點的。」

正在這時，楚天闊的電話打了進來，大概是開了免持聽筒，凌翔茜跟他你一言我一語的，陳見夏索性也開了免持聽筒，讓李燃一起聽。

兩個人剛從凌翔茜姑姑所在的醫院出來，趁熱複述姑姑的話，陳見夏一句都沒有打斷，冷靜聽完了。總結起來其實就是，省城醫生對病情的判斷基本上是準確的，但後續的救治，也的確要找到最準確的門路，最好找曾經做過類似手術的患者，把對方的經辦人和主治醫師的聯繫方式全都要到，僅僅只是「問問」，沒有人會擔風險幫忙運作，即使是凌翔茜的親姑姑也說了，不是本院患者也不是她自己的親戚，這種事鞭長莫及。

在凌翔茜脆生生地說完「什麼鞭長莫及，我姑姑其實就是不願意摻和，怕給自己惹事」之後，楚天闊在旁邊清了清喉嚨。

「妳到底是幫忙還是讓人心煩？」楚天闊無奈。

陳見夏哭笑不得，「已經幫了很大的忙了。這個節骨眼了，我需要聽最實在的話，謝謝你們。」

凌翔茜還想亡羊補牢，「我的錯我的錯，我一開始就不該說是我同學，一說同學我姑姑那態度一定不當一回事，妳乾脆把妳爸帶來北京，我們帶他去辦入院，她就知道不是一般的同學了……」

陳見夏好不容易才安撫住熱情過頭的凌翔茜，最後是楚天闊把話接過來，說：「她不是跟妳客氣，也不是人來瘋，北京雖然床位搶手，但這眞的是個值得考慮的建議，如何作決定還是要看妳自己，見夏，隨時給我們打電話。」

見夏聽到這裡，鼻子忽然有點酸。

她說：「好，我隨時找你們。」

陳見夏掛了電話，說：「我昨天找了他們，正好碰上他倆約會定情，你有沒有覺得淩翔茜變了？」

李燃點頭，「有點像我初中剛認識她的那個樣子了，長得漂亮，講話不經腦子。後來就被我們班的女生集體排擠了……要不是林楊說，其實我也沒發現。反正她一下子就學乖了，假模假樣的，上高中以後更假了，說話都繞彎子說，跟你們那個作秀狂班長是絕配。」

「我們班長不是作秀狂。」

李燃繼續說：「還好，不用上學了，她慢慢變回去了，暴露本性了，正常多了……但你們班長還是個作秀狂。」

陳見夏實在懶得糾正他了。

青蔥歲月好像回來過，短短一瞬，然後更遙遠了。她還記得與李燃一起在電話裡背後偷偷八卦楚天闊與淩翔茜的除夕夜，只是再也不會有一座固定而堅實的學校困住一群人，讓她近距離觀賞、串聯旁人愛情的點點滴滴。

曾經無比親近的戰友楚天闊隨著時間的推移漸漸變成了社交網站上的點讚之交，

許久才藉著節、假日問候幾句，忽然炸出舊日戀情，只有結果，沒有過程。

卽便不親近了，昨天她問了那麼多人，聽了無數漂亮話，只有他倆眞的說到做到，第二天就去醫院幫她打聽。

不是想這些的時候。

陳見夏打開手機備忘錄，對李燃說：「你把你打聽到的流程和可能需要打點中間人的費用再跟我說一遍可以嗎？我詳細記一下。我需要安排時間和我手頭的現金，哦，還有你說的那幾個腫瘤醫院的熟人、天津那邊的中間人的聯繫方式，我們聊完，我就得開始……」

李燃伸手按住她的手機，「不用妳自己記，不一定都能按我說的那麼順利，每到一個步驟，我確定好了再告訴妳，而且我全程都會跟妳一起，不管是去天津還是哪裡。」

「一起？」

「對啊，我們一起。」

她終於明白剛剛楚天闊和凌翔茜的電話裡究竟是哪個詞讓她一瞬間羨慕得發瘋。我們。

見夏偏頭去看窗外，不想讓他發現她的動容。

「往哪裡看呢？看我。」李燃伸手扳她的頭，「妳故意的吧，剛給妳打電話，妳那什麼語氣，跟我裝什麼，昨天差點爲妳家的事喝掛了，妳回上海一整天一條訊息都沒有，還跟我陰陽怪氣，裝不熟裝客套是吧？氣得我差點都不想來了。睡都睡過了，突然失憶不認識我了？」

陳見夏猛地打掉他的手。李燃愣住了。

如果剛才是玩笑，現在李燃眞的開始生氣了，「面對我，妳不用動不動擺出一副上班的樣子吧，是，知道您走南闖北見多識廣，成熟冷靜不矯情，跟我這些，都不算什麼。」

「是對你來說不算什麼吧？」見夏反問。

李燃皺眉，「別繞圈，陳見夏，妳有話直說。」

陳見夏打開相冊，把他的訊息頭像圖片扔在他面前。

「你女朋友知道你對外不承認她，還跟別的女人睡嗎？」

陳見夏自以爲輕描淡寫地嘲諷到了點子上，卻不想，語言是一把利刃，她唯一可用的姿勢竟是從胸口扎進去，先將自己捅穿，才能傷害到被擋在身後的少年。

別的女人。

不是「我們」。沒有「我們」。我就是別的女人。

別的女人還要跟你保持冷靜、理智對話，因爲別的女人需要你幫忙救她爸爸的命。

不等李燃回應，陳見夏自己的眼淚先飆了出來，拉開車門跑了出去。

或許是天無絕人之路，昨天饒曉婷他們也提過腫瘤醫院。見夏給饒曉婷發訊息，對方沒回，她直接打語音訊息，依然沒有人接。

見夏說：「在忙？那我先找妳老公問，是腫瘤醫院的事，妳有空回我。」

成年人有一條不成文的社交規則：如果她認識一對夫婦，那麼有事一定先找女方。

王南昱接得倒是很快，但聽語氣，宿醉未醒的樣子。

他彷彿事先知道了陳見夏要問什麼，告訴她，饒曉婷在杭州拍衣服呢，最近接到了好幾個劇組的服裝採購，網路商店也要上新品，有事找他就可以。

「然……然後，然後妳幾點到？我提前到醫院等妳，妳到了，我再給主任打電話。」王南昱說。

見夏全家到得比和王南昱約定的早了半個小時，她嘗試拿爸爸的病例和CT、核磁共振片子自己辦入院，卻得知床位全滿。

等到王南昱打電話說自己到了，見夏差點沒認出來——他胖了些，一身名牌，臉上發紅，混在候診大廳的人群中，儼然中年成功人士樣貌。

他不知給誰打了個電話，床位就有了。

小偉和見夏分頭辦手續，最後爸爸入住了六人床病房，王南昱還在一個勁兒解釋，太急了，否則有四人甚至雙人的，現在委屈叔叔了，是他辦事不到位……

見夏手足無措，一個勁兒搖頭，很好了，真的很好了，「麻煩你了。」

他們一起在病房門口站著，王南昱忽然稍微拉開一點點Polo衫的領子，指著自己鎖骨附近一道非常清晰的暗紅色傷疤，「妳救過我一命，自己不知道吧？」

疤痕的起始和結尾都藏在衣服下，只有脖子附近那一點點就觸目驚心。

「出過一次車禍，高速公路上，我坐副駕駛座，跟我一起的三個人，開車的腰椎以下癱瘓，後座一個植物人一個死了，死的那個是緊急煞車的時候從前擋風玻璃飛出去了，大半個人都是在我們車前面十幾公尺找到的。就我沒太大事情，因為我繫安全帶了。」

王南昱看著見夏迷茫的眼神，笑了，「自己都忘了吧？我剛開車的時候，大家覺得繫安全帶傻，都沒這個習慣。我從縣城開車送妳去振華，妳自己非要繫，還把我插在副駕駛座上的卡扣給收起來了，說，以後最好都繫上。」

這道疤是安全帶給他留下的，一道疤換了一條命。

「那次之後，我跟曉婷結婚了。」王南昱扯了一把陳見夏，讓她避讓開走廊經過的輪椅，「當時給我們送去的就是腫瘤醫院的急診，後來轉到市立醫院。她照顧了我一個月，明知道當時車裡有個女的在跟我好，我們出車禍是背著她一起出去玩，她還是照顧了我一個月。出院我就跟她說，去登記結婚吧。」

王南昱從包包裡摸出菸，知道醫院不能抽，捏了捏又放回去。

陳見夏有點拿不準王南昱為什麼忽然和她說這些。

「不用搭理我，我以前就覺得奇怪，只要跟妳這種好學生待在一起，就特愛感悟人生。」

「多大年紀了，」見夏苦笑，「還『好學生』呢。」

頓了頓，她又補充道：「我偶爾能從社交網站看見，曉婷發展得越來越好了，比我這種『好學生』賺得多。」

「她好什麼啊……」王南昱本能地、像所有北方大男人們一樣想損太太兩句表示謙虛，但停住了，「是還可以，她從小就能吃苦。現在是我配不上她了，一年到頭不回家，全國飛，一問就是在忙。我倆誰也不管誰。」

「有小孩了嗎？」

「四歲了，在我媽那邊帶著呢，後來有次過年，她不想回來，我倆吵架，她跟我說後悔生孩子，長妊娠紋，身材到現在都恢復不了，以前店裡偶爾她自己還能臭美當個模特兒拍拍上新款，現在都不敢了，說修圖都修不了。」

陳見夏好像的確開啟了王南昱身上的感性開關，他認真問她：「女人是不是都這樣啊，到了一個年紀追著你要結婚，不給她個名分不讓她安定就跟怎麼了似的，發瘋。再過幾年，該有的有了，又跟你說，全都不是她想要的。到底想要什麼？」

陳見夏無法想像王南昱描述出來的饒曉婷，拚命回憶到的依然是饒曉婷半夜拉著她不讓她睡覺，非要講「男女之間那點事」，腦袋只有核桃大小似地計較王南昱身邊出現的每個女人，被甩了一巴掌依然不計較、轉眼就笑靨如花的樣子。

饒曉婷想要什麼？陳見夏覺得自己明白，又不完全明白。女人生命中都要爬過一座山，高矮地貌不同，於是不同此涼熱，但總歸比一生在草原望到頭的人懂得更多一點。

見夏跳到結論，「那就這樣？」

王南昱不解，「那要哪樣？日子不過了？」

護士這時候喊見夏爸爸去做 PET-CT。

「不是做過 CT？我看妳給我發過片子，又做？別是醫院故意重做，我幫妳打電話問問，不要花冤枉錢。」王南昱說著拿出手機要打電話，被見夏阻止了。

「我查過了，不是冤枉錢，我爸以前沒做過。」

見夏給他解釋PET是Positron Emission Tomography，正子斷層造影，讓病人喝下帶輕微放射性的某種追蹤劑，再做CT，是普通CT的一種補充。

「好像就是透過血液循環把追蹤劑傳遍全身，照的時候病灶會發出螢光點，發出螢光點的位置就代表有癌細胞，以此監測有沒有擴散。」

「那得多大輻射啊？」

「都這樣了還怕輻射嗎？」見夏和他一起坐在放射科外等待。

王南昱先關心的是，「多少錢啊？能報銷嗎？」

「好像一萬五？有這麼貴嗎？等下我找單子看一眼。」

「天啊，這麼貴？醫療保險能報銷嗎？還是得自己先墊付？」

「自己先付。之後應該……能……能報銷吧？」她發現自己的社會經驗少得可憐，鄭玉清罵她這些年來逃離在外對家中事知之甚少，並不是完全沒道理。

要等二十分鐘，兩個人把能聊的話都聊完了，見夏想要勸王南昱先離開，幫忙辦入院是一回事，當陪客耗精神是另一回事。

「人情已經還不完了，就算讓你繫安全帶救過你一命，那也是巧合，也得你自己能聽得進去，現在是兩回事。你趕緊走吧，醫生跟我說了，看PET-CT的結果再商量下一步的事情，如果……」

如果擴散了，就不用想下一步了。

見夏父親癌細胞血栓的生長位置非常微妙，能不能換，符不符合移植國際標準，全在醫生一念之間。

嚴格意義上他處在擴散前期，但誰也不知道是哪一刻開始擴散，七週只是一個估算，或許能撐八週，也或許就是明天。這種風險之下，死亡率會驟升，換了極可能屬於浪費捐贈肝臟。凌翔茜說姑姑不想摻和，情有可原。

王南昱抬手腕看錶，陳見夏瞥見一塊勞力士。他說：「晚上一起吃個飯吧，李燃有沒有跟妳說過，我在一個會所參了股，不用去外面吃，就……」

見夏靜靜看著他。

「李燃？」

王南昱尷尬一笑，兩人對著沉默，王南昱終於開口。

從一開始他就覺得沒什麼好隱瞞的，他們只是鬧彆扭，已經配合演出一下午了，演得夠了，說漏嘴就說漏嘴吧。

「昨天他打電話問我腫瘤醫院的事，比妳問得還早呢。」王南昱說，「他說妳爸必須先轉到腫瘤醫院，後面的事，他再安排。妳要是讓他幫，他就自己帶妳來，妳要是不讓他幫，就都說成是我的關係。」

王南昱用眼角瞟了好幾眼，陳見夏才像個重新啟動的機器人一樣說：「我有話跟他說。」

# 七十二 • Winding Road

陳見夏跟著王南昱去他參股的會所。王南昱一再強調，不是她想的那種老式夜總會，這些年都洗牌整頓過那麼多次了，「很健康」。

她覺得好笑，王南昱還在拿她當看見什麼都大驚小怪的「好學生」。

幾年前她能和公司裡做人做事風格完全不同的 Peter 成爲半個朋友，就是因爲去一家會所撈他。Peter 等幾個業務正和供應商們抱在一起唱歌的時候，出事了。那一次有驚無險，陳見夏後來還戰戰兢兢地幫 Peter 想辦法過了帳——當然是在 Simon 的默許之下。

後來 Peter 想把面子找回來，跟陳見夏說，公司搞的那套制度完全就是離譜，市場正野蠻生長，他們居然在內部審計規定裡要求節慶收禮和送禮的價值不能超過兩百元，兩百，兩百能幹什麼？國營企業都沒這麼做的！

「Frank 和 Simon 他們這種方式在國內早晚吃癟。他們爲難我們，我們怎麼給機會？不給機會，我們怎麼搞定供應鏈？」

Peter 說得一套一套的，陳見夏畢業不久，聽得一愣一愣的，看著會所從天花板一路鋪到洗手間的大理石磚，茫然點頭。

臨走的時候，她偷偷拍了一張照片，洗手間的鍍金龍頭形狀是一隻天鵝。她還眞沒見過這種陣仗。

再後來，也見過 Simon 很不自在地去這種場合要帳，對方請他們吃八兩的陽澄湖公蟹，曬自己收藏的明制官服，就是不還錢。

過往情景在眼前閃過，再看到王南昱還拿她當個乖乖小女孩一樣對她解釋，陳見夏年近三十只覺得無奈，她不知道怎麼去跟老同學講她其實見過修成天鵝形狀的鍍金水龍頭。大家都只是把對方某個年紀的某個切片留在了記憶裡，沒理由把一個斷面硬擴張成立體的自我，再重新彼此接受。

少年時光拖再長，不過是另一種平行世界的一期一會。

極爲通透成熟、泰山崩於前而面不改色的陳見夏在走廊盡頭看見一個男人正彎著腰，摸頭安慰一個蹲坐哭泣的女孩。她忍住了。

王南昱說：「走，走，這邊，轉彎了我們到二樓吃飯，我去給李燃打個電話。」

「人不就在那裡嗎，爲什麼還要打電話？」她問王南昱。

王南昱遮掩不住了，嘆氣，「這事情讓我給辦的……」

陳見夏走過去，說：「我去打個招呼。」

王南昱擔驚受怕的樣子讓她覺得好笑。他不知道陳見夏來這裡的目的就是要和李燃好好說話的，無論發生什麼。

李燃轉頭，看見她走近，只是微微吃驚，他早就知道王南昱帶她來吃飯。他沒慌。陳見夏竟有點開心，這意味著很多。

那個蹲著哭的女孩不抬眼也感覺到有人接近，突然起身跑了，一轉彎便不見了，差點把李燃一頭撞翻過去。

兩個人都在等對方先開口。

「那是個公主。」李燃說。

「我看出來了。」陳見夏點頭。

「見多識廣。」李燃說。

「今天上午你誇過這句了，」陳見夏說，「詞彙量就這麼大？」

「別的大不就行了？」

陳見夏徹底愣住，「你怎麼那麼猥瑣？」

「我說心胸，妳說什麼？」李燃笑了，靠近她，「陳見夏，妳說什麼啊？」

走廊裡音樂很吵，在身後幾步的王南昱聽不清他們說什麼，感覺到氣氛不對，上來做和事佬，問李燃吃飯沒，又問陳見夏餓不餓，都快九點了，沒想到醫院做檢查花那麼久時間，也沒想到路上這麼塞……

最後，王南昱的脾氣也上來了，對李燃說：「以前我對她有過意思，你知道吧？」又對陳見夏說：「後來我跟著他做生意，下午跟妳說了吧？」

「讓我在中間當孫子這麼好玩？我好話沒地方說了是吧，非要撮合你們，我閒著？

我兒子都快上小學了，你們去折騰吧，愛他媽折騰到幾歲折騰到幾歲，不伺候了！」

王南昱在這裡是「王總」，穿H扣皮帶的，擺架子了扭頭上樓，後面自動跟上兩個穿西裝背心的小弟，和在醫院裡判若兩人。

不是要好好說話的嗎？陳見夏也問自己，怎麼一見面就吵？

不知道是不是故意的，走廊裡的音樂聲更大了，好像在教訓他們，不想好好講話就別講了。

她說：「能不能去個安靜點的地方？」

李燃問：「什麼？」

陳見夏大聲：「能不能去個安靜點的地方？」

李燃問：「什麼?!」

陳見夏把肺都吼出來了：「有話跟你說！我們去個安靜點的地方！」

後半句的時候音樂忽然停了，半個走廊包廂門口的服務生都看過來，大家都聽見她對著李燃吼，想跟他去安靜點的地方。

李燃大笑。

陳見夏板著臉問：「音響的遙控器是不是在你自己手裡？」

他們坐在門外馬路邊，手裡各拿一罐啤酒。

冬夜很冷，但這裡是他們能找到的最安靜的地方。

「非坐這裡說話不可嗎？」李燃問，「不怕凍死啊。」

陳見夏說：「就坐這裡，效率高。」

「我上大學的時候，不喜歡去圖書館，其實我們圖書館的裝潢很好的，桌椅都舒服，還有空調吹，聽說國內大學這幾年才陸陸續續裝空調，當年國立大學圖書館就有可以打電話的隔間了。按道理很人性化、條件很好，可是不知道爲什麼，只要一去圖書館我就會趴在桌子上睡覺，期末 paper 寫不完，明明很焦慮了，還是會睡著，一覺睡一下午。後來我就不去了，寧可坐在迴廊扶手上悶出一身汗，效率反而高一點。」

「不會餵蚊子嗎？」

「新加坡沒有蚊子。」

「放屁。」

「眞的，」陳見夏正色，「我也很奇怪。馬來西亞有，泰國有，越南有……新加坡眞的沒有蚊子，也不能說完全沒有，但非常少，我待了五年多，幾乎沒被咬過……你沒去過新加坡嗎？」

「東南亞都去過。」李燃說，「就沒去過新加坡。」

故意的嗎？見夏笑了。

居然會覺得開心。

「好像沒提高談話效率，」她自己吐槽，「還是說了很多廢話。」

李燃很久之後才說，沒什麼是非說不可的。

他說：「我們本來就應該說很多廢話。沒機會罷了。」

李燃伸手抹掉陳見夏的眼淚，說：「哭什麼，妳是忘了冬天什麼樣子吧，臉會裂開的。」

陳見夏也抹了一把臉，嘴硬把話題拉回正軌：「我是想謝謝你。」

「妳爸爸的事，我還沒幫成，後面不一定怎麼樣。」

「我知道。今天先謝今天的。」

李燃沒有繼續推辭。

「就這些嗎？」

「王南昱都和我說了。」

「都說了是說什麼了？」

「說那個女孩叫舒家桐，」見夏笑，「你們的確不是男女朋友，但你也的確在出賣色相。她喜歡你。你需要她喜歡你。」

「這麼拐彎抹角，一定不是王南昱說的。」

「我自己總結的。」

見夏發現啤酒不喝已經結了冰碴，而她竟然還握著，手都快沒知覺了。

「你家裡到底怎麼了？」她問。

李燃皺眉，「操心妳自己吧，沒家道中落，比妳有錢。」

陳見夏怒極反笑了，沒反駁。的確如此，李燃只是賣了幾輛車做做樣子，按王南昱的說法，「有的是家底」。

只是現金流卡住了。

王南昱繪聲繪影講了半個小時的事，其實只是一句話，因爲老行長一句話，老李大筆一揮幫一筆兩億的借款簽字做了保證人，從沒想過老行長會倒，這筆錢眞的還不了了，他自己眞的要承擔連帶責任。

陳見夏總結完，王南昱問：「這叫連帶責任啊，我就知道，他爸沒摻和但是也得還錢。」

「嗯，叫連帶責任。做保證人就會有的風險。」陳見夏說。

王南昱沉默很久，跳過了過程，說：「總之，病倒了。在打官司，爭論，能少還一點是一點，七湊八湊不是湊不齊，但李燃說，主要是他爸受不了這個氣，馬失前蹄，在老婆、兒子面前都沒面子，氣病的，一時半會兒好不了。」

只要是省界之內，李燃爸爸誰都認識，靠自己也靠時代潮流，一點點打拚出來的，認識的人也是一筆筆生意、一頓頓大酒自己喝出來的。

他以前從來沒有一刻想過要把家業交給兒子。

富不過三代有時候不僅是因爲後代敗家，也因爲許多人脈關係是無法被子女繼承的。李燃爸爸認識的叔叔們並不認他，老李總再怎麼帶小李總出門，小李總也只是個孩子。

王南昱只能說出李燃爸爸似乎是做建材起家的，然而財富一旦累積起來，自己會滾雪球。

炒房也賺，投資會所也賺，買賣商業用地賺錢，買礦山一不小心挖出來點什麼東西，賺得更多。

他們家到底算是做什麼的？

富一代也很想搞明白自己到底是做什麼的、財富又要如何傳承下去。他們讀像Frank這樣路徑清晰、管理有方的成功人士傳記，讓自己的孩子去美國、英國讀商學院，想把孩子培養成Simon，而Frank們卻一邊讓Simon賣命，一邊拚命尋找著像李燃或李燃爸爸這樣在國內如魚得水、黑白通吃的人，來幫助自己在這個遍地是錢的大中華區「不明不白」滾雪球……

陳見夏倒是什麼都看得清。

只是窮罷了。

她拚命讀書，知識改變命運，終於有資格，站在Simon和李燃之間指點江山。

眞是太荒謬可笑了。

「不是說五行不缺錢？」

她在他傷口上撒鹽，他只是笑。

「現在有點缺。」李燃說。

他把啤酒從她手中搶過去，說：「結冰了，別喝了，快起來，妳自己也凍壞了就沒人壓得住妳媽和妳弟弟了。」

又說：「我還有事，妳進去暖和一會兒，讓王南昱找輛車送妳回家吧……妳回家還是回醫院？」

「你有什麼事？」

李燃拍拍外套，「不關妳的事。」

見夏把手放進口袋裡，握緊拳頭，「陪舒家桐爸爸喝酒嗎？」

李燃啞然。

「她爸爸就是那個換了肝的叔叔？」見夏問。

「天啊，」李燃把啤酒罐往路邊垃圾桶一丟，「王南昱的嘴怎麼跟老太太的棉褲腰似的，越來越鬆。我記得妳以前說他是你們學校騎小摩托車的古惑仔，你們學校的古惑仔嘴都這麼碎嗎？」

「到底是不是啊？」

「不是爲妳。」

李燃說：「陳見夏，不是爲妳，不關妳的事，妳爸那邊就是順便，妳就當是巧了吧。」

「嗯，老太太棉褲腰還說了，的確是順便，因爲你本來就要伺候他，他每天都來玩，他能幫你爸。你爸低不下頭求他，你在求。」

「妳有完沒完?!」

「沒完。」陳見夏也湊近他，「是不是誇我？」

天道好輪迴。

「李燃，我陪你好嗎？我也能喝一點的，眞的。」

# 七十三 黑箱

陳見夏融入這個群體，是因爲她點了腰上別著黃色牌子的女孩，棕色齊瀏海，是全場看上去最乖巧的女孩。

她不知道他們在歡呼怪叫什麼。

舒家桐爸爸果然性情很古怪，本來不苟言笑的，這時候開心得不得了，旁邊一群陪著他們玩樂的人過來問，妳知道牌子的顏色是什麼意思嗎？

陳見夏是李燃帶來玩的同學，「高材生」，包廂裡的人還沒喝多之前都還能維持住人模人樣，他們給李燃最大的面子就是把陳見夏這個年輕女性也當作是玩客和捕食者的一員。

她懵懂地搖頭，換來更大一波哄笑。

陳見夏看了李燃一眼，李燃朝她笑笑。是李燃讓她指名這個女孩陪唱的。

整場酒局，她都因爲這個女孩而得以淸靜，兩個人坐在角落說話，總有人去上洗手間的時候經過，看著她倆笑得詭異。

其實陳見夏知道，那個顏色的牌子，意味著能從這裡帶出去。李燃偷偷給她發訊息，告訴她，走的時候一定要把這個叫豆豆的女孩帶走。

豆豆很機靈，長髮及腰，大眼睛撲閃撲閃的，雖然有假睫毛的功勞，但全撕下來也是一雙靈動的好眼睛。她似乎在認真陪陳見夏玩骰子，卻立刻能捕捉到場上不善的目光，每每有人要來找麻煩，豆豆都會率先站起來自顧自對陳見夏說：「姐，看我給妳喝一杯，都在酒裡了！」

她仰頭喝啤酒的時候，別人也就沒辦法跟她搭話了。陳見夏注意到她喝得很慢，而且很快便「醉」了，抱著陳見夏的手臂不撒手，整個人都貼住見夏。於是在旁人看來她們真的成了詭異的一對，舒家桐爸爸簡直開心得不得了，像看見了新鮮的馬戲表演。

豆豆醉醺醺地和見夏講自己家的事情。

「姐，妳知道我媽怎麼死的嗎？」我沒問妳。陳見夏覺得忽然聊起這個很詭異，即使她也喝了幾杯，微醺狀態下按道理講什麼都會放鬆，但談媽媽的死到底不合時宜。

「我媽是痛死的。」

豆豆恍若未聞，繼續說，她家很窮很窮，媽媽尿毒症洗腎很多年，家裡實在受不了了，就不做了。最後一個月的時候痛得每天鬼哭狼嚎，鬧了好多次自殺，但豆豆也不知道家裡的錢都去哪裡了，明明自己很努力地在外面陪人打桌球，看客人眼色，可以贏也可以輸，只要客人高興了，一台可以賺不少，小費老闆不管，都歸自己，她也都給了家裡，但她媽媽就是沒錢洗腎。

「我媽是坐在椅子上直挺挺瞪眼睛死掉的，家裡屬於她自己的東西都丟在院子裡，木梳子、鏡子、棉被……家裡沒人，我弟弟在網咖，我爸在打牌，都是她自己丟出去的。太平間的醫生說她可能，那個叫什麼，肝昏迷了？所以把自己的東西都丟出去了，她想要跑。沒跑掉。」

陳見夏呆呆看著這個幾乎要喝到睡著的女孩。

李燃坐過來，耳語道：「妳別聽她胡扯。」

「胡扯？」

「講完她媽怎麼死的就到時間了，她平時都這麼混的，那些男人最喜歡救風塵，愛聽這種。」

這個場景實在詭異，一個五十多歲的叔叔在唱〈向天再借五百年〉，震耳欲聾，陳見夏懷裡抱著一個女孩，李燃卻近在咫尺，湊在她耳邊講話，熱氣噴得她有些戰慄，癢癢的，暈暈的。

「李燃，吃醋了？今天被人截胡了。」

舒家桐爸爸主動走過來，指著豆豆對李燃說道：「今天你這個同學搶在你前面把豆豆點走了。」

整場酒局他都像個佛爺一樣，因爲不能喝酒，就坐在那裡，周圍形成一個結界，看上去是牢籠，反過來，李燃他們才是籠子裡的人，無論多熱鬧，都彷彿是一群被他觀賞的猴子，或許就是爲了讓他過乾癮才假裝玩得開心。

陳見夏不知道該不該敬他一下，把豆豆甩到一邊不厚道，坐著敬酒又不禮貌，一邊糾結著一邊舉起酒杯，「舒叔叔、舒?叔叔……舒?」
這三個字連在一起居然這麼奇怪，她怎麼會剛才發現?
陳見夏跟自己的口齒較勁，居然贏得舒家桐爸爸大笑，說：「高材生很有意思，不用喝了，隨意。」
本以爲就這麼過去了，舒家桐爸爸舉著杯茶水，忽然對豆豆一聲大喝：「起來！」
豆豆的假睫毛顫了顫。見夏知道她在裝睡。
「讓妳起來，聽不見?我的場子那麼好混?!」
老人臉上陰惻惻的笑容變成了明晃晃的威壓，唱歌的人也噤聲了，陳見夏覺得整個房間的空氣都凝成了固體，喘不進肺裡。
「叔，我陪你喝吧。」
李燃這時候站起來。
這時候周圍的陪客們才活絡起來，好像終於等到了老爺想看的戲碼，竟然開始起鬨。
「英雄救美！」有個一直跟在舒家桐爸爸身邊跑前跑後的人喊得最起勁，把歌都切了。
老頭笑笑，「一整晚看你都沒怎麼喝，酒量那麼好，陪我來杯純的吧！」
李燃說：「好。」
陳見夏愕然看他倒了大半杯人頭馬，一口氣喝了下去，朝舒家桐爸爸亮杯底。

她以爲他會說幾句場面話，但也沒有，喝完了就只是喝完了，兩個人意味不明地對看，較勁似的。

老人忽然又笑了，很慈祥的樣子，點點頭，走掉了。

陳見夏徹底傻了。

李燃在進場前就對她預警過，這個人很奇怪，喜歡看猴戲，又喜歡猴抓他。李燃的舉動就跟猴抓了他差不多。

耍猴需要每天都有新鮮感。今天他覺得新鮮了，夠了。

等他走遠了，李燃自言自語：「我爸可沒他那麼變態。」

「剛才那是爲什麼？」陳見夏問，「我沒看懂。」

「他已經在這裡玩了兩個星期了。這裡每個人都欠他點東西，也有人是求他。上個星期我跟他玩骰子輸了，他說讓我把玩的車都賣了，他就幫我爸搞定一億。」

「你有多少車值一億？」

「車當然不值啊，」李燃笑，「面子值。就要我沒面子嘛，我就都賣了。還沒交易完，就是都放出去了，只賣掉兩輛。」

「讓舒家桐看著你賣？我碰見你們從上海回來，就是爲了這個？」

李燃翻白眼，「他女兒自己喜歡跟著我跑。」

見夏無言，給自己杯子裡也添了一點純飲，一口喝掉。

「那他是不是爲了給女兒出氣才針對豆豆的？」

「怎麼可能。他就是今天沒有新猴戲看了，自己不喝酒，場上每個人在幹什麼他看得很清楚，豆豆在他場子裡混了兩個星期了，那點小聰明，老頭看得很清楚，他不爽了，之前豆豆又一直陪我，老頭找一個人的碴等於找兩個人的。他喜歡年輕人適當地跟他對著幹，這樣，他就覺得自己還沒老。」

螢幕的光映在他臉上，將他染成各種顏色。

「就算我眞的是他女婿，他也不會因爲一個陪唱公主找我麻煩，他在這裡玩，他老婆也不管。他之前差點死了，很在乎自己的命的，女兒、孫子、重孫子都沒有他自己重要。」

李燃認眞地說：「我對我爸也沒那麼重要。我爸栽了跟頭，他換了肝，他倆這對拜把兄弟都相當於死過一次。有錢人死過一次才明白，活著享受的東西，死了帶不進棺材的，如果能一直一直活下去，他們連兒子都不會要。」

「別說了。」

陳見夏忽然靠近他，吻了他。

李燃溫柔地摸摸她的頭，「妳該不會心疼我了吧？」

「你到底什麼時候能解脫？」陳見夏問。剛才那一齣結束，她後背滿是冷汗，「你是在等調解結束嗎？」

「解脫？」李燃剛剛那杯純的好像上頭了，耳朵紅透，「解脫什麼，我自願來當猴的啊。」

他指著豆豆，「跟她一樣，場上每個人都是自願的。」

你眞的是嗎？見夏看著他，迷惑又心疼。李燃說得對，有人欠，有人求，大家都是自願做丑角的。

陳見夏也是自願來陪李燃的。但她害怕了。

「我們能走嗎？」她問，「我自己走也可以。」

李燃的酒杯在嘴邊停住了。

「見夏，妳覺得我不能保護妳？」

陳見夏在會議室裡被設局質問的時候也沒有怕過Frank。但她一秒都不想再看見舒家桐爸爸的臉。

「根本不是保護不保護的問題！」陳見夏不知道怎麼跟他形容自己的不適，明明李燃應該懂得的，但他在乎的卻是別的事情。

「妳還是覺得我靠不住，是嗎？」他問，「就像妳不願意去南京一樣。」

陳見夏搶下李燃的杯子，然後將豆豆推開，說：「別裝睡了。」

但她根本推不開豆豆，女孩就像長在了她手臂上，豆豆低聲說：「姐，妳把我帶走，求妳了，姐我求妳了。」

「好，」陳見夏輕聲跟她說，「我帶妳走。」

「把她帶出這個場子要給額外的檯費，妳什麼都不懂。」李燃說。

陳見夏火大了，「我爲什麼要懂這些?!」

她出去讀書，就是爲了懂得一些知識而不需要懂得另一些莫名其妙的「常識」；帶走自己所有的行李，就是爲了不要像豆豆的媽媽一樣，把自己活活痛死在院子裡也跑不掉——無論這個故事是不是豆豆爲了殺時間編出來的。

在陳見夏最昂揚的時刻，李燃說，那妳懂怎麼給妳爸爸找捐贈肝臟嗎？

陳見夏對李燃說過，她覺得生活是一個黑箱子，看不清這一端的輸入到底是如何轉爲另一端的輸出，不知道那個箱子裡發生了什麼。

她依然不知道。但她此刻正坐在這個黑箱子裡。而他一直坐在這裡。

# 七十四 豆豆

陳見夏是熱醒的。

踢掉被子，發現自己什麼都沒穿，皮膚裸露的感覺讓她迅速從迷糊的餘夢中清醒過來。李燃平躺在床上，睡得安然，她馴順地窩在他懷裡，被他緊緊摟住。

陳見夏輕輕將自己挪開，躡手躡腳下床，尋找自己丟了滿地的衣服——包廂裡男人吞雲吐霧，她一整夜泡在裡面，泡入味了，連最貼身的內衣上都有殘留的菸味。見夏本就宿醉，聞了更想嘔，實在沒勇氣穿上。

她將自己和李燃凌亂的衣服都撿起來，疊好放在床尾的腳凳上。

她去衣櫃裡拽了浴袍，隨便擋在胸前，先衝進了洗手間。

眞是奇怪，她竟然好好地卸了妝。不像很多人酒後第二天浮腫，除了頭髮睡得亂糟糟，她看上去居然面色紅潤、神采奕奕。

不知道是不是因爲難得睡了一個漫長的好覺。

見夏看見飯店用品上的 logo，香格里拉。她翻開裝盥洗用品的小匣子，看見梳子，拿了出來。

洗澡的時候淋浴間的門忽然開了，她嚇一跳，被水迷了眼睛，李燃走進來，從背後抱住了她。

「出去！」

「怎麼翻臉不認人？」李燃困惑，漸漸明白過來，「妳斷片了?!」

陳見夏勉強睜開眼，「我們怎麼就在飯店了？」

「能不能先不說話了？」他們一起淋在溫熱的雨裡，李燃低頭吻她，把她壓在玻璃上，「先做點別的。妳昨天答應我了。」

見夏踮著腳幫他洗頭髮，洗得很認真，用泡沫在他腦袋上堆起了一個圓圓的巴洛克頂，自己先笑了。

李燃摘下一朵泡沫，抹在陳見夏鼻尖。

這次她主動摟住他的脖子，輕輕在他嘴唇上親了一下。

「我感覺有好多事情都沒說清楚，現在也不是該開心的時候，」見夏看著他的眼睛，「但是好開心。就這一刻。」

她眼淚又掉下來，「真的好開心。」

忽然聽見篤篤的敲門聲，兩個人關了水，又聽了一會兒，的確是敲門聲。

「打掃房間？」見夏困惑。

李燃煩躁，「不可能，我按了『請勿打擾』的。」

陳見夏微微臉紅，「我洗完了，我過去問一聲。」

她裹上浴巾，光腳走到門口，說：「我們先不打掃。」

「姐？是我！」

陳見夏撥開貓眼上面的小蓋片，看見一個頭髮短短、像個小男孩一樣的女生站在外面，她仔細辨認了一會兒五官，蓬勃年輕，是好看的，一雙清澈的大眼睛。

但是不認識。

女孩嗓門巨大：「姐，是我，豆豆！發訊息也不回，你們起來了嗎？」

陳見夏不敢相信，她衝進浴室，李燃已經聽見了，頂著泡沫腦袋一臉無奈，「她住我們隔壁，是妳非要給她開一間的，別看我。」

她們坐在大廳沙發上等待李燃在櫃檯退房，豆豆跟她解釋，她自己去樓下吃過早餐了，這個飯店的早餐，「好……豐……盛！」

「服務生說十點半就結束了，我怕你們吃不到，著急給妳發訊息，妳不回，我就來敲門了。」

見夏不知道說什麼好，甚至不知道應該先問什麼——妳的長頭髮呢？妳為什麼住在我們隔壁？我們怎麼加了好友？……

然而她問：「……好吃嗎？早餐。」

「好吃！怪不得飯店貴，貴有貴的道理！」

見夏回頭看了一眼，李燃一邊辦手續一邊打電話，不知道是被什麼事情耽擱了。於是豆豆把她那邊記得的事情一件件講給見夏聽，像竹筒倒豆子，聲音也脆生生的。那雙熟悉的大眼睛讓見夏也隨著她的講述漸漸回憶起一些畫面。

舒家桐爸爸回來時，陳見夏猛抽了三個 shot 的龍舌蘭，拉著李燃和豆豆去跟「舒叔叔」道別。

舒家桐爸爸笑得像蛇在手臂上爬。

「你們走沒問題呀，高材生是新加坡的？那我要加一下妳好友了，我自己女兒也準備去那邊讀書……」

李燃迅速截斷，「我開群組，她們可以在群組裡交流，也可以單獨加，最直接。」

他們居然輕鬆逃脫了那間豪華包廂，走廊裡，見夏腳步虛浮，李燃在左邊扶著她，豆豆還緊緊掛在她右手臂上。

陳見夏看著躲在自己身後眼巴巴的豆豆，誤會了，豆豆是想快點跑，見夏竟然說：「剛才沒叫妳，妳也要加我嗎？」

李燃當時便心道不妙，陳見夏一定是太醉了。

車先把豆豆送到了她租住的地方，樓下是一家理髮店，四周連路燈都沒有，黑黢黢的，玻璃門底下掛著一把大鎖，豆豆下車拍了很久，都沒人開門。

李燃等得不耐煩，說：「我把妳送回會所。」

豆豆扒著玻璃窗瘋狂搖頭，「我今天不能回去，我以後也不回去了！」

李燃對她沒有流露出半點同情，冷笑，「妳不是很有主意的嗎？怕什麼？」

陳見夏晚上剛到會所的時候，看見的那個哭哭啼啼的女孩就是豆豆，李燃勸她不要多貪那幾百元，離姓舒的老闆和他的場子遠一點，「妳已經開始惹他討厭了。」

豆豆怎麼都不肯，裝瘋賣傻地說：「不怕，反正有你嘛！」

聽到這裡，見夏問：「你們早就認識嗎？」

豆豆揉了揉頭毛，「嗯，我陪打桌球的時候，因爲不會看人眼色，那個叫什麼？得意忘形了，贏太多，把客人贏得急了，要揍我，是燃哥幫了我。省城也不大，後來我去陪唱，他去找我們老闆談事，我在走廊又碰見他了。妳看，我這個頭髮！」豆豆指了指自己的腦袋瓜，「就是他跟我說，叫陪玩的土炮都喜歡長頭髮的，他說妳去買頂假髮，發發嗲，以後就不會挨揍了。」

「他給妳的建議就是買頂假髮？」

「很有用啊！立竿見影！」

豆豆看著文化水準不高，但非常熱愛用成語，還反問陳見夏：「要不然呢，他應該建議我什麼啊？」

陳見夏這才發現自己說不出口。去讀書？去找份正經工作，去端菜洗盤子？

「妳家裡眞的很困難？」

豆豆忽然露出了一個讓陳見夏驚異的表情，老練，冷漠，又厭倦。只在那張年輕的臉上閃過一瞬。
陳見夏問了一個豆豆的客人們最愛問的問題，他們摟著她，聽她講一個意料之中的故事，拍著她的肩膀，語重心長地說還是應該去做個正經工作，說著再用力捏兩把。
「燃哥沒跟妳說嗎？我這種女生，就是又苦又懶。」
豆豆從面無表情又恢復成天眞爛漫、嘻皮笑臉的樣子，但陳見夏已經分不清楚究竟哪張面孔才更接近眞實的她。
「妳喜歡他？」見夏問。
豆豆笑得更燦爛了，「姐妳別逗了，你們那麼好，我就是這段時間幫他擋一擋，他也順手幫我一把，互惠互利、互幫互助，姐妳別往心裡去，不對，我這破嘴，妳不可能往心裡去，我算什麼啊。」
陳見夏說：「對不起，是我問得太過分了。」
豆豆像一隻小動物，認眞揣摩著見夏的神情，直到她確認，這不是來自「高材生」虛情假意的「禮貌」。
豆豆眼圈有點紅，說：「喜歡……一定是有一點，我平時很熱愛閱讀的，一有時間我就閱讀小說，那、那我遇見他這種人，也會作白日夢，不犯法吧？」
見夏搖頭，不犯法。
「姐，昨天謝謝妳啊，怕我有危險，非要帶我住飯店，要不然，我都沒機會住這麼漂亮的地方。」

「又不是我給錢，慷他人之慨。」

豆豆有些迷惑，似乎在盤算是不是該翻字典學習一些新成語了。

「但要不是妳堅持，燃哥不會的，我不是第一次鬧這齣了，記吃不記打，他不會管我的。我這種人——不是說我啊，我當然記妳的好——我是說，像我這類人，不值得同情，千萬別做濫好人。妳太沒有社會經驗了妳知道嗎？昨天晚上還說要跟我住一個房間，要換成我姐妹，妳昨天包包裡的東西都讓人給偷沒了！」

李燃走過來，對見夏說：「我送妳去醫院。PET-CT結果出來了吧？」

陳見夏點頭，「早就出來了，沒擴散。」

「那我們就繼續往下一步走吧，也不知道能走到哪一步。」李燃看了眼豆豆，「妳自己能回家吧？」

豆豆點頭，真的像一粒跳動的小黃豆，強撐著一臉職業化極強的燦爛笑容，嘴巴咧得比內心快樂。

她從沙發上背起包包，忘了拉拉鍊，假髮掉出來，被隨意地塞回去。李燃對她說：「舒老闆那邊妳好自為之，我勸妳最近別再去那家了，非要做，換個地方吧。」

豆豆說：「知道啦。」咚咚跑遠了，消失在旋轉門外。

去醫院的路上，陳見夏問：「豆豆給我講的她家裡的事，到底有沒有一句話是真的啊？」

李燃說：「我不知道，因爲每次她講的都不一樣。」

又說：「但我知道她老家的確有個弟弟，他來省城玩過，我見過。

「我爸的糾紛第一次開庭，我正煩呢，她說她弟弟來了，因爲以前我幫她很多忙，她要弟弟請我吃飯感謝我，可能就是想表現自己的弟弟人不錯吧。我正想散心，就去了。在商場地下一樓那種『大食代』，說要請我吃麻辣燙。我到的時候，他倆正在那裡玩夾娃娃機，她弟弟請客，投了七、八遍錢，一個都沒夾出來。豆豆心疼了，不想讓她弟再花錢，她弟的嘴巨他媽甜，說這是給姐姐的，再試一百遍也一定要夾一個出來。」

「還不錯啊。」

李燃哭笑不得，「妳們當姐姐的是不是平時被壓榨得太狠了，怎麼那麼容易滿足啊？」

「怎麼了？」

「她每個月匯給她弟弟的錢，夠夾多少個娃娃了？那麼大個男人，也不上學，也不工作，來了一趟覺得省城好玩，現在就賴著不走了。昨天她無論如何都要趕場子就是因爲跟她弟吵架。她弟在打一個什麼網路遊戲，每天儲值錢，但豆豆的工作是每天領現金的，她一個星期去一次ATM把現金存進卡裡。昨天電子錢包的錢不夠，她弟弟急得火燒房似的，一分鐘都不能等，她說自己上班在忙，讓他等等，然後跑來找我問能不能給她的電子錢包轉一點錢，她給我現金。」

李燃拍了一下方向盤，懊惱，「靠，光說話，走錯了，這裡要左轉……一會兒前面掉頭吧。」

「後來呢？」

「後來？就找我換現金這麼個工夫，那小子就打電話過來了，罵得她面子當場掛不住了。她弟說，妳上他媽什麼班啊？妳是幹什麼的，眞以爲我不知道啊……然後她就哭了，再然後妳就來了。」

陳見夏用手指頭摳著玻璃窗上的一個小黑點，摳了很久，才意識到那個污點在玻璃窗外側。

「最後娃娃夾到了嗎？」她問。

# 七十五 ● 自己人

陳見夏的父親成功轉去了天津第一中心醫院，全國最知名的器官移植中心之一。病房環境很好，是小套房，一房一廳還帶一個放行李的小儲物間。見夏媽媽本來做好了艱苦陪床打地舖的準備，被嚇到了，將見夏拉到一邊問：「這一天得多少錢？」

見夏說：「沒有ＩＣＵ貴，住一個星期也比不了ＩＣＵ兩天。」

「沒有更便宜的嗎？」她避著見夏爸爸，掐了她的手臂一下，「我倆都不是講究的人，是不是讓人給坑了？」

「有更便宜一點的，但住在這裡是有原因的，」見夏低聲說，「跟妳解釋不清。妳就當是必要的開銷吧，多花一點額外支出，排隊更容易優先考慮我們，我不會亂花錢。」

「妳掏錢？」

見夏不解，「我不跟你們搶，家裡有積蓄，那就給我減輕點負擔吧。」

鄭玉清又扯她，見夏煩了，「妳說話就說話，爲什麼總拉我！」

鄭玉清說：「我以爲，是那個男的出錢。」

「那個男的」就是李燃，幫忙辦手續免不了和見夏的家人見了幾次面，鄭玉清看他的眼神總是躲躲閃閃的，她以爲媽媽會問她，這是不是妳男朋友？那麼愛問問題的人，竟然沒有問。

「我們早就說好了，他已經幫了我們非常多，錢的事，一定是我們自己來。」

「那還是不想幫，關係沒到那個份兒上。」鄭玉清也急了，「妳別嫌我說話難聽，沒什麼心意是錢衡量不了的，妳心裡有點數！」

陳見夏冷冷看著媽媽。

她省略了中間太多曲折，現在都不知道媽媽講出這樣天眞殘忍的話究竟是該怪誰，或許怪她自己承擔太多，讓媽媽和小偉把整件事情都看得輕飄飄。

「妳知道有多少人有房有車，也願意傾家蕩產換條命，卻不知道去哪裡換嗎？一年才幾個名額，有多少人能轉到這裡來？我再說一遍，不是錢的問題，他做了多少，這件事本來就不方便拿到檯面上說，妳以後都不要再提了，我聽著不舒服。」

鄭玉清撇撇嘴，想說點什麼，忍住了。現在女兒是最得罪不起的人，她嘴上說是「我們」的錢，其實都是陳見夏一個人在掏腰包，即便如此，鄭玉清依然心疼，陳見夏知道媽媽是把她的錢也當作全家共同財產在珍惜的，她的錢就是家裡的錢，是弟弟的錢。

只是現在不敢明說也不敢惹她罷了。

李燃嘆息豆豆是個傻子，弟弟拿著她給的錢夾幾個娃娃，就感動得到處說：「我弟只聽我的話，誰的話都不聽。」

而陳見夏自己也是給弟弟買了房子的人，只是沒把那麼多傻話講出口，看上去沒那麼蠢罷了。

在天津，爸爸每天做常規檢查和治療，而她自己只有一件事：等。

為了節約開支，在醫院附近的旅館少開一間房，小偉暫時留在了家鄉，他在電視台外包的節目組當場務，買了車便註冊了好幾個平台的特約車司機，偶爾跑跑賺點外快，工作雖然三天打魚兩天曬網，畢竟還是要經常去露個臉，現在反而沒有見夏自由。

等待的過程極為煎熬。

多等一天，擴散的風險就大一點，每天的檢測數值並不能完全反映真實情況，到達某個質變的標準，就無可挽回了。沒有人知道爸爸的身體裡正在發生著什麼變化，他吃一頓飯、打一次針、翻個身、咳嗽一聲，是不是就驚動了附在血管上的惡魔？

肝臟已經長得像鳳梨，到處都是結節。

醫生私下也和陳見夏說過，家屬不要看著他平平靜靜的，尤其是打了止痛之後像沒事人一樣，其實隨時都可能……以前有個肝門靜脈瘤的患者，像沒事人一樣，覺得自己都不需要住院，坐在公車上忽然吐了一身血，就沒了。

「也可能喝水突然嗆了一下，人就沒了。」

見夏笑笑說，醫生您放心，久病成良醫，我們家屬查資料查多了，也快成半個醫生了，我們都有心理準備的。

醫生說，還是讀過書的好溝通，那就好。

見夏說您多費心。

她走出診間就哭了。

見夏從小就沒幾個朋友，大多事情憋在心裡，無論是憋屈的少年還是無趣的成年，忍氣功夫一流。只有短暫的兩段時光，嘴裡閒不住，像個松鼠一樣絮絮叨叨什麼都講。

全都是和李燃。

他是她的初戀，最好的朋友，最信任最赤裸的愛人。

不需要陪床的時候，陳見夏每一天都向李燃無度索取，她只想哭泣、講話和吻他。有一天李燃剛進房門，見夏就撲了上去，李燃後腦勺猛地撞在門上，撞得眼前出現了疊影。

見夏尷尬，蹲下說：「對不起，你沒事吧？」

「妳沒事吧？」李燃還有心思開玩笑，「對不起，妳錯過了我最好的年紀，我現在眞有點吃不消，要不然妳也去醫院看看，妳這是怎麼了？」

「我不知道。」見夏說。

死亡和無望的等待讓她特別渴望身體的溫暖。

「你抱抱我，好嗎？」

李燃心疼地將她摟進懷裡。

李燃離開過兩次，她知道他也很忙。他不在的時候，見夏無法入睡，自己坐大巴士去了北京，跟著舉小旗子的大叔大媽一起爬長城，然後趕大巴士回到病房替換媽媽陪床，硬生生把自己累到睡著。

死神在倒數計時，時間過得又快又慢，心裡越緊迫，讀秒卻越慢，她本以爲自己會盼著時間走慢點。

早上，李燃打來電話，說他剛下飛機，這次陪喝效果很好，「舒叔叔」終於肯介紹最牢靠的關係。

「妳跟我一起去吃個飯吧。午飯，都是醫生，他們不喝酒。妳自己斟酌要不要叫妳媽媽一起，畢竟是全家的事。」

見夏幾乎沒有思考，「不用叫她。」

她忽然覺得這句話耳熟極了。

當年她告訴爸爸新加坡留學項目的事，問他有沒有跟媽媽商量，爸爸也輕描淡寫地說：「不用。」

吃飯的地方是李燃安排的，陳見夏緊張得滿手冷汗，她知道這頓飯至關重要，醫生和中間人會親自衡量這件事「值不值得」——患者家屬人品如何，情緒是否穩定，會不會因爲錢拉扯，會不會做完後因爲效果不理想反過來舉報投訴……她不知道應該如何表現，坐在包廂裡等待的時候，一個勁兒問李燃，到底幾個人，分別都是誰，我應該坐這裡嗎？主位應該留給誰，眞的不喝酒嗎？……

李燃輕輕地親了她額頭一下，說：「妳什麼都不用說，有我在。」

見夏想起那次在「舒叔叔」的酒局裡和李燃沒能展開的爭吵。她無法忘記李燃脆弱的眼神，他問她：「妳還是覺得我不能保護妳，對嗎？」

她在最不合時宜的時刻想要重新回答他。

門這時候被推開，第一位客人到了。

一共來了四個人，他們彼此認識，李燃也在問過名字之後和他的訊息對上了，但直到最後吃完飯，見夏都沒分清他們究竟分別是什麼身分。

大概是故意模糊的。

整頓飯下來陳見夏都很安靜，他們知道她是患者的女兒，陪床幾天，又焦急等了一個星期捐贈肝臟，人沒有什麼精神，但很有禮貌，溫溫柔柔的，通情達理的樣子。

他們沒有半句提到見夏爸爸的病情，只是談天。李燃和他們聊得很愉快，一度讓見夏忘記了他們到底為什麼而聚在一起。她默默聽著他們聊中國的肝膽外科世界一流，無論科學研究還是實際操作的水準都極高，因為曾經一度是B肝感染率高的大國，從B肝病毒免疫指標到肝硬化、肝癌的不可逆發展，還會在相當長一段時間內困擾國人。

除了高談闊論，也聽到一些讓見夏感到安慰的話：移植技術在國內已經相當成熟，下不來手術台的概率極低，三天、七天內的死亡率也極低，兩個月之後才開始增高，三年存活率可以達到50％以上，因為技術成熟和配型謹慎，排斥反應也沒有普通人想像的那麼高。

見夏喝了口茶水。她生怕自己追問了，會讓他們覺得家屬偏執，影響對她的印象。

但其中最晚進門、一言不發開始埋頭吃東西的人忽然開口了，說：「但肝門靜脈瘤不一樣。我要是沒記錯，舒總之前是肝上長了四顆，血管上麻煩多了，換完三年內死亡率也……最近是多少，90％？93％？復發的也多。」

他是全場看上去最年輕也最邋裡邋遢的人，不像醫生，倒像個跑片場的導演，紮個小馬尾，穿著口袋很多的卡其色漁夫背心，一邊說話，一邊抬眼瞄著陳見夏。

陳見夏沒急著「表忠心」。她知道對方是故意的。

「但不換就是百分之百。」見夏嘆口氣，是對著李燃說的。李燃伸手揉揉她的頭髮，投來讚許的眼神。

一個胖胖的男人打圓場，「老許是老『飛刀』了，他不一樣。」

那個叫老許的謙虛笑笑。

漁夫背心男繼續埋頭吃飯，也不知道見夏的表現是否讓他放下了心。

四個人是分別進門的，吃完飯也是陸續離開的，那個老許最先離開，因為他在武漢和廣州分別要趕兩台手術，胖男人調侃他說武漢都快成老許的第二個家了。

漁夫背心男第二個走的，臨走之前終於說了幾句算是和見夏爸爸相關的：「不一定等得到，這過程反反覆覆的，有的是折磨等著妳呢，一會兒哭，一會兒覺得充滿鬥志，過一會兒又哭。有希望還不如沒希望。」

陳見夏傻了，李燃笑著接話：「他們家就她一個說了算的，她能撐得住，您就多費心，折騰幾次她都撐得住。」

漁夫背心男笑笑，招呼都不打就走了。

胖胖和事佬和另一個朋友一起離開，他笑咪咪地對見夏和李燃說了幾句心靈雞湯：「好多病患都是第一次治療的時候充滿信心，全家人擰成一股繩，很有精神，二次復發的時候撐不住了，信心崩塌了。人的精神狀態很影響病情發展，不是玄學。病這個東西很奇怪，你強它就弱，你弱它就強，妳爸爸的情況，是在跟癌細胞搶時間，他能給自己搶多少時間，我們眞幫不了忙。平時多跟他聊聊。」

見夏終於說了一句切身相關的：「他總睡覺。」

和事佬說，睡覺比摔東西好，肝昏迷表現不一樣，有的犯睏，有的發癲。看來妳爸爸脾氣不錯。

人都走了，一看手機，才下午一點半，她累得要虛脫。明明也沒做什麼，也沒說什麼。

李燃也不輕鬆，長出一口氣，開始吃圓桌上已經冷掉的飯菜，「餓死我了，從早上到現在一口都沒吃，剛才也不敢吃。」

原來他也一樣慌。陳見夏把椅子挪到跟他緊緊靠在一起的位置，將額頭抵在他肩膀上。

李燃一邊狼吞虎嚥一邊跟她說，這次見面最關鍵的是那個穿背心的，能不能找到捐贈肝臟，全靠他了，另外三個人是後面才用得上的，捐贈肝臟送去哪裡，我們就飛去哪裡，許醫生是飛刀，也會跟我們一起。

「那個人很厲害，背景不簡單，年紀只比我們大一點點，舒老頭說，他已經摘了一百多個了，只負責摘，而且有很多資源。舒老頭唯一提醒我的一句話就是，他性格很古怪，別惹他，也別奉承他。」

「訂金給了嗎？」

「妳當我下飛機之後一上午去幹嘛了？預約了天津分行大額取現，早就裝在包包裡給他了。」李燃強調，「找不到，也不退的。」

數目李燃之前跟她都說好了，見夏說：「好，我下午轉帳給你。」

李燃在這件事上徹徹底底尊重她，早就給了她正確的銀行帳號。

他想了想，說：「妳今天表現得很好。」

「表揚小孩嗎？」她哭笑不得。

他搖搖頭，「妳的確變了非常多。但跟我高中時候猜的差不多，屬於……」他用了一個古怪的詞，「屬於同一個大類型裡面的。」

「意思就是你都預料到了，沒驚喜？」

「抬槓有意思嗎？」

「有意思，」見夏把下巴擱在他肩窩，「非常有意思。他們終於走了，我終於能說話了。」

李燃夾了一粒宮保蝦球，遞到肩前，見夏一口吞掉。

「那你更喜歡以前的我還是現在的我？」她問。

「都喜歡。」

「別敷衍我。」

「妳愛信不信。我以前是想陪妳變成這樣的，我說了，我早就覺得妳會變成這樣，而且，妳自己不是也想變成這樣嗎？」

他說夏天遲早會來，而她的確拿下圍巾，去了夏天。

變成了今天的陳見夏。

李燃不知道自己啞謎一樣亂七八糟的話，讓陳見夏紅了眼眶。他背後又沒長眼睛。

她忽然說：「舒家桐沒加我。你開的那個群組，沒有人講話。」

「怎麼又跳到這裡來了？」

「她爸爸知道你給誰介紹這些醫生嗎？舒家桐知道她爸爸給你介紹這些醫生嗎？」

「她管得著嗎？醫生忙得很，也不會什麼事都去跟舒老闆彙報，舒老闆也從來沒覺得他女兒很重要，他更希望我爸趕緊死。」

「你知道我問的不是這個。群組裡面你們兩個用的是同樣的頭像，直到今天。」

李燃笑出聲了。

「妳也沒加我好友啊，妳每天都去看一遍我換了還沒換頭像嗎？」

「你先回答我的問題。」

「妳這個問題到底憋了多久?怎麼才問?」

「晚就不能問了嗎?」

「能,」李燃好像很高興的樣子,「但是問得太晚了,我都等著急了。妳問我,我才覺得,妳真的回到我身邊了。」

倏忽間她好像又是那個高中小女孩了,徹底被洞穿。

「妳以前問凌翔茜的事,沒這麼沉得住氣。妳長大了,對外人越來越沉得住氣了。這一點我不喜歡。」

她默默用臉頰蹭他的T恤,棉T恤帶一點點絨,很溫柔。

「那現在不是問了嗎?你到底要東拉西扯多久?」

李燃往後一靠,把她攬進懷裡。

「其實就是碰上了。我不是在英國讀大學嗎,畢業前跟同學一起去大阪玩,他們要去橙街買潮牌,我跟著一起,碰到她和一群女同學。她那時候……好像還在上高中吧?還是初中?我真記不住了,我爸和她爸還沒鬧翻,就合了張影。」

「然後?」

「然後我最近不是給她爸爸當孫子嘛,她就強搶民男,她爸搖骰子讓我賣車,她跟著去上海看我找朋友掛牌,唱KTV也跟我玩了一把,我他媽又輸了,她說要我換訊息頭像,要放三個月。」

「你還滿守信用的。」

「我那時候又沒女朋友，她喜歡我，長得還漂亮，她爸還捏著我爸的命，我惹她幹嘛？換訊息頭像又不少塊肉。」

見夏不吭聲了。

「我去！不是吧，妳哭了?!」李燃手忙腳亂把圓桌上的面紙盒轉到自己面前，抽了幾張遞給她。

「吃醋了？」

「嗯。」

「晚了點吧？」

「嗯。」

「妒忌？」

「嗯。」

李燃愣了，「我說讓妳別沉住氣，妳也不用這麼沉不住氣吧？」

他又高興又無措，像個傻子。

過了一會兒，李燃反應過來，剛才醫生說家屬情緒不穩定，妳是不是就是找藉口哭一下？

「嗯。」

隨便吧，見夏想，我也分不清。

# 七十六 ● 恩典

漁夫背心男說有希望不如沒希望，並不是一句風涼話。陳見夏很快體會到了雲霄飛車一般的喜悲。

午飯後第三天，李燃接了個電話，告訴她，有希望。

廣州一個三十三歲的快遞員在租屋處煤氣中毒，搶救無效，AB型血，配型有望，成功了。

又過了三個小時，他又接了電話。

快遞員未婚，父母雙亡，無法第一時間聯繫到直系親屬，協調員說，沒有親屬簽字，不可能摘，來不及了。

陳見夏很後悔自己沒讓媽媽迴避，媽媽只聽到了第一個電話，歡天喜地告訴了爸爸，她沒攔住。

夕陽照進病房，陳見夏決定自己去和爸爸講。

一看到她進門的表情，見夏爸爸就明白了。他笑笑說，自己在公司裡察言觀色一輩子了，什麼都不用說了。

「那就聊點別的吧。睏嗎？」

「睡了一下午了。」

騙人。知道有希望之後，爸爸不可能睡得著。

有一搭沒一搭聊了許多。

爸爸那個自己花錢卻假裝單位配車的科長退休前被查，咬了很多人，也包括不合規定地生了兩個孩子的見夏爸爸，而肝硬化來得是時候，給了她爸爸體面退休的理由。

還聊到了盧阿姨，女兒很爭氣，移民去了澳大利亞，卻沒提帶她走，並且再也沒回來過。盧阿姨也生了一場病，摘了卵巢，忽然就老了，當初溫柔知性地說生男生女一樣，後來竟也拉著見夏媽媽話家常說，早知道像妳一樣就好了，還是得留一個在身邊，現在都不知道孩子是給誰養的。

也許當初她也不覺得生男生女一樣，並沒有那麼知性，只是爲了在見夏爸爸面前襯托自己不像鄭玉淸一樣庸俗。

也許她只是變了，生活的苦痛改變每個人。

東拉西扯很久，爸爸忽然說：「小夏，我知道妳盡力了。」

「媽的嘴太快，」陳見夏不想接這麼像蓋棺論定的話題，撒謊道：「其實之前就有好幾個捐贈肝臟，這種消息每天都有，我只是這次沒瞞住她，你別當多大的事一樣，說不定明天又有兩個消息，我都麻木了。」

爸爸彷彿相信了，但演得不太好。

「爸爸媽媽其實對妳不太好。」

陳見夏終於不耐煩，「爸，你有病啊?!」

「的確有病，這不正在治呢。」

她幾乎沒聽過自己爸爸開玩笑，先是愣然，然後才笑了。

這段時間對誰都不輕鬆，爸爸剛入院就抽了十四管血，抽動脈血的時候，陳見夏以爲護士要殺人——針頭是直著扎進身體的，她看著，自己半邊身體都嚇麻了。

抽動脈血比靜脈血難的不是一點半點，找不準深度就等於白扎，實習護士沒有太多抽動脈血的練習機會，比病人和家屬表現得還緊張，扎進去一次，拔出來一點，找不對便重來，連扎五針，見夏爸爸痛得一頭汗，還在犯公務員毛病，跟人家擺長輩架子，說別緊張，別緊張。

第二型糖尿病的凝血功能不好，五針過後，護士也放棄了，幾乎是逃走的，跑去找護士長了。臨走前對陳見夏喊：「妳按住，把棉花按住!」

按了整整十五分鐘。護士長來了，啪一針就準確抽出來了。陳見夏有些埋怨，說爲什麼拿我爸練習，他快痛死了。

「都不想做被練習的，那他們怎麼長經驗，都指望我?」熱門醫院的護士長脾氣都不好，直接把陳見夏嗆得沒脾氣。如果她不是病人家屬，一定也會覺得護士長說得對，不給機會，實習護士要怎麼成長爲新的護士長呢?

但輪到自己的家人，是另一回事。

陳見夏盯著窗外血紅的夕陽發呆。短短時間裡發生太多事，她太疲倦，每天都會忽然陷入回憶。

一轉頭，爸爸身上抽動脈血留下的針眼還在，竟然結了一個痂。

「我這個病，純屬勞民傷財，妳為什麼呢？把錢留著，投資、理財、在妳工作的地方買房子。」

「買房子？」見夏笑了，「爸你知道新加坡的房價嗎？知道上海買房的資格嗎？而且我這點積蓄，已經錯過了，追不上漲幅了。」

陳見夏卽便在最感傷的時刻，也保持著一絲理性，好像她天生就是一個記仇的小孩，可以隨時隨地跟任何人事後檢討任何事。

「你要是眞這麼想，當初就應該攔著我在省城給你們買房子——給小偉買結婚新房，應該這麼說。」

陳見夏爸爸臉上流露出一絲羞赧，他一直做為一個病人被保護著，近幾天直接和見夏溝通、爭吵、兵戎相見的也是鄭玉清，還沒怎麼見識過女兒的牙尖嘴利。

「妳還是怨我們吧？那還這麼費心救我。」

「爸，你是想讓我安慰你，還是眞想知道？」

「哈哈，」她爸爸笑了，臉因為浮腫而顯得年輕了一些，「妳這麼說，我不想知道也得知道了。」

「因為我說要傾家蕩產給你治的時候，你沒有拒絕。」

陳見夏仰頭，把眼淚逼回去。

「因爲你不想死，而我是你女兒。我可以逃離家庭，可以找各種藉口，巧言令色、裝傻，反正只要不回家，親戚朋友怎麼說我我聽不見。

「但只要我不忍心，我就只有這一個選擇。沒意識到沒聽見也就算了，我知道了，聽見了，我就一定會選這條路。」

她倒寧可她成長在豆豆那樣的家庭。再狠一點，再不堪一些，而不要摻雜那麼多歡樂的回憶。

她記得在遊樂場旋轉木馬前，爸爸躲清靜在長椅上坐著乘涼，媽媽一個人顧兩個孩子，她和弟弟都想要騎白馬，但搶的人太多了，鈴響了，時間緊迫，媽媽把弟弟抱了上去，跟她說，趕緊自己找個小車坐上就好了！

但委屈憋悶過後，發誓這輩子再也不要跟爸爸媽媽講話、要離家出走、要讓他們知道厲害之後，夕陽西下，他們又給姐弟倆各買了一支伊利火炬冰淇淋，陳見夏不愛吃巧克力脆皮，於是弟弟幫她全啃了，把裡面的奶油留給她，她又覺得，爸媽很愛她，弟弟也沒那麼煩人，生活很幸福，今天眞是難忘的一天啊，好開心啊。

還寫進了作文裡。

她有時候記得被媽媽當機立斷放棄掉的屈辱和恐懼，有時候記得夕陽下那支冰淇淋的溫柔。

有時候記得爸媽因爲機票太貴而找各種理由勸她不要回家，有時候記得他們轉眼間就爲了小偉的各種事漫天找關係撒錢，有時候又會在悶熱的長廊邊，寫著論文，哭著想家。

爸媽健康的時候她躲著不回來，現在一個癌症一個神經失調，她千里迢迢跑回來還債，全宇宙的力量都在促成她回來還債，穩定許多年的工作泡湯，馬上就要完成的新加坡服務期中斷……好像她這輩子出生就是爲了還清一些東西，再不情願也要不停地給。

陳見夏伏在李燃溫熱的胸口，和他講著自己混亂無序的過去，講著講著自己也覺得無趣，撐起身體去吻他，長髮散落，蓋住他的臉。

李燃伸手輕輕將她推開一點點距離，見夏故意氣他，「沒力氣了？那算了。」

「我不想自己也混在妳亂七八糟的記憶裡。」他說。

「嗯？」

「以後再回憶起來，就是旋轉木馬、奶油冰淇淋，還有稀裡糊塗跟我做愛。」

陳見夏跌坐在床上，茫然無措。

他們沒有開燈，月光透過半扇薄紗照進來。李燃也起身，雙手捧著她的臉，晃來晃去。

「小時候的事晃出去了嗎？」

「嗯。」

他這才回吻她，說：「那妳記清楚。」

後面的事的確記得很清楚。

又過了兩天，晚上見夏正在一邊給爸爸餵飯一邊等媽媽來換班，李燃忽然敲病房門，跟她說：「我有點事得回家一趟，把一些單據給妳。」

陳見夏起身出門，她知道一定有事。

李燃說，又有電話了。

「這次很巧，就在省城，飛回醫科大學附屬第二醫院就可以做。」

「再等等吧，」見夏不想再空歡喜了，「確定了再說。」

「我已經等了大半天了。二十歲的男孩，過馬路的時候經過大貨車死角，被撞倒了，頸椎斷了，人在ＩＣＵ待了一天了，已經判定腦死了。就算沒有腦死，也是癱瘓，聽醫生說，死了倒是解脫。」

見夏低著頭。若是平時閒聊，倒是能說句可惜，但她現在的立場，說什麼都不對。她不敢承認，第一時間掠過腦海的想法竟然是，二十歲，更年輕，比之前三十三歲那個好。

噁心的念頭。

「家屬也在，協調員說，家境很差，本來孩子媽媽都答應了，要簽字了，」李燃兩根手指一捻，做了個手勢，「那個也……總之各個方面都談好了，但男孩的姐姐突然來了，說什麼也不同意。」

「現在有兩個選擇，等他自然死亡，或者……再加一點。但如果等，不知道要等多久，很多腦死的患者可以撐很多年；如果不等，就再加一點，協調員會再勸，但他們也經常遇到那種家屬。」

「哪種？」

「覺得是意外之財，人都死了還能賺點，坐地起價。」

李燃垂下眼睛，陳見夏本能地覺得，他還有事瞞著自己。

「就這些？」

「這些已經很難判斷了。」

「就我的經濟實力，的確很難，要是那位舒老闆，根本不擔心坐地起價什麼的吧。」

「如果只是因爲這個，那我就幫妳了，救命的事情，有什麼好糾結的。」

李燃總是最了解她。

「是不是還有醒過來的可能性？你覺得我良心過不去。」

「百萬分之一的可能也是可能，這麼討論就沒盡頭了。妳先想想，別急著作決定。我陪妳待一會兒。」

媽媽來交接，陳見夏回飯店，什麼也沒告訴她。

李燃洗完澡出來，正在擦頭髮，發現房間裡沒有開燈。

黑暗中，陳見夏對著窗戶，跪在窗簾縫隙露出的唯一一線月光下。

罪人般喃喃自語。

「見夏？」

陳見夏回頭，她沒有哭泣的意圖，只是眼淚不受控地往下淌，好像大腦和情感在各做各的事，互不干擾。

「那個男孩，是豆豆的弟弟嗎？」

李燃沒有回答。

「我收到豆豆的訊息了。她跟我借錢。她說她弟弟被車撞了現在在ＩＣＵ，每天費用很高，爲了證明自己不是騙子，還隔著小窗拍了照片。二十歲的男孩，被大卡車撞的，是嗎？」

「妳沒跟她亂說吧？」李燃衝過來按著她的肩膀。

「我什麼都沒說，我沒回。」陳見夏喃喃道，「我什麼都沒回。」

協調員絕對不會告訴雙方家屬任何訊息，這是基本原則。陳見夏和李燃誰也不會問。

「她也朝你借錢了吧？」陳見夏問，「你也懷疑，對不對？」

李燃沉默了一會兒，冷靜道：「妳不了解這個女孩，我也不了解，更不了解他們全家。她還說她媽媽死了，她媽媽不是出現了嗎？」

「嗯。」

「她借錢有可能是捨不得她弟弟，有可能是賭一把，多一天ＩＣＵ的錢，能讓協調員出更高的價格。誰也不知道她在想什麼。」

「嗯。」

「我知道就算是一個陌生人，妳也不知道該怎麼辦，我也不知道，妳不要……」

月光下的祈禱好像有了回音。

陳見夏的手機振動起來，是媽媽。

她接通，開了免持聽筒，一陣嚎啕從聽筒裡穿出來，在室內迴盪。

神回答了她的提問。

然後帶走了她的爸爸。

陳見夏，這道題目不用回答了。

它用她意想不到的方式，給予她殘酷的恩賜。

# 七十七 · 女人們

葬禮的時候小偉這個大孝子在告別廳迎來送往，抱著骨灰罈站在鄭玉清身邊。

葬禮不是儀式，是一個過程。程序實在太多了：在家中辦靈堂、點長明燈、摺紙錢和金寶銀寶、開著家門迎接前來弔唁的親友、和每個來問「怎麼了」的親友講述老陳最後的日子……

這個過程能耗盡人的悲傷。

殯儀館是個很有趣的地方，陳見夏冷眼看著，包括悲痛的媽媽鄭玉清在內，參與一道道流程的人都在不斷切換情緒：遺體告別的時候嚎啕，站在外面等待火化的時候聊八卦，偶爾聊到興奮處笑幾聲，骨灰出來了，裝進罈子再次告別，大家一轉頭湧進小告別廳，再次無縫哭泣。

他們的哭是真的，等待時的無聊和笑容也是真的。

陳見夏一滴淚都沒有掉，也是真的。

她做了所有能做的，最後成了抱著手臂站在外圍的那個奇怪的國外回來的女兒。

果然沒感情，孩子還是不能放出去，有出息有什麼意義，死了還是得兒子打招魂幡。

在告別廳裡，見夏看著被鮮花圍繞的爸爸，覺得這個人被化妝化得認不出來，像不得不出席的道具。大逆不道的想法讓她爽快解氣，每一個對著她竊竊私語的人，都被她瞪了。

盧阿姨也出現了。遠沒有爸爸形容的那麼憔悴，看來他也沒少誇張，只是再沒機會知道他為什麼那麼說。

只有直系親屬有資格看著遺體被推進火化爐。當那個陌生的道具被推進去的一瞬間，陳見夏忽然崩潰了。

默默地，一言不發地，明白了什麼叫作失去。

據說殯儀館已經改造過很多次，曾經見過許多小型「文明祭掃爐」，現在也都拆除了，只有從入門到主告別廳的步道一直沒變過。見夏覺得熟悉，但好像什麼變了，想了很久，發現是灌木變了。

曾經李燃說：「淨睹種，海桐種在這麼冷的地方，會死的。」

果然都死了，換成別的了。

她用長長的黑色羽絨衣包裹起自己。海桐死了，她也接到了公司的電話，Frank 給她最後的機會是，可以讓她回新加坡，依然做後台數據，降薪三分之一。

Simon 說這是他爭取到的最好的結果了，Frank 相信她是無辜的，但不能不承擔責任。

「妳至少有了過渡的時間，反而比留在上海要好，先回去，再考慮要不要跳去別處。」

回去？

回縣一中，回振華，回省城，回上海，回新加坡。

都不是她的歸處。

葬禮結束後，她給李燃打過電話，李燃當時掛掉了，後來給她回訊息，說在忙庭外合解。

她文字回覆：「你幫我這麼多，你的事我卻幫不了忙。」

李燃說：「放什麼屁呢。」

鄭玉清神經衰弱的問題越來越嚴重。陳見夏陪她看過一次省中醫醫院的神經內科，在走廊裡等待叫號的時候被嚇到了，相比之下肝膽外科簡直是天堂——有個家屬過來搭話，問陳見夏是幾號，能不能跟她換號碼，因爲她真的控制不住自己的兒子了。她兒子正在一旁抽打自己的頭。女人說，他頭痛得受不了，查不出什麼毛病，自己打自己都沒有神經痛難受。

看病歸來，見夏問媽媽，妳每天晚飯後冒汗，到底是痛還是什麼感覺？心慌？焦慮？不寧腿症候群？

鄭玉清哼了一聲，露出了 Betty 式似笑非笑的表情說：「有工夫關心妳媽了？」

陳見夏把託運行李箱和登機箱都從房間拎出來，說：「我早就關心過，每次妳的說法都不一樣，而且妳有更想說的事。我一問妳，妳就趕緊抓住機會開始講別的，小偉想要房子，兒媳婦妳不滿意，家裡沒輛車，大輝哥孩子都上學前班了小偉還沒成家……妳自己都不關心自己的情況，我也不會一直追著問。」

「妳哪次管過我了?!」鄭玉清看見陳見夏收行李，慌了，把正在擦電視櫃的抹布往地上一摔，「妳要走？」

「我跟妳說過，頭七一過，後天我就飛上海，妳又不記得了，」見夏溫溫柔柔的，「媽，妳有沒有想過，我一直不上班，靠什麼賺錢呀？」

「妳不是跟李燃好了嗎？他家有的是錢。」

鄭玉清把抹布又撿起來，揉了揉，緩和了語氣：「跟媽說說，妳爸的事，不全是他出錢出力嗎？」

陳見夏一時熱血上腦，但忍住了，她調動了工作大腦，循循善誘，「媽，妳之前怎麼不問？」

鄭玉清擺出一副過來人的樣子，看女兒乖巧了些，她往沙發上一坐，嘆氣，「我們家的條件，沒想往上攀，我又不是賣女兒。妳姑姑同事家的孩子，交往了個有錢的，交往的時候到處說，耀武揚威的，肚子都搞大了兩次，最後沒成，知道的人全都看笑話。」

陳見夏也坐下，繼續溫柔問道：「妳是幫我觀察他，怕他就是玩妳女兒？」

「妳說什麼，嘴裡不乾不淨的！」

見夏再次忍耐，「就是那個意思，我錯了。所以妳怕他辜負我？」

「我還不是爲妳好。」

見夏點點頭，「爸的事，都是我自己出的錢，天津的費用一分錢都不能走醫療保險的，我不是跟妳說過嗎？」

「妳就嘴硬吧，」鄭玉清語氣有點勉強，但透露出謎之希冀，「不過有骨氣點好，人得先自己硬起來，尤其是女孩，一不能嘴饞，二不能心饞。只要把這兩點立住了……他難道還眞能讓妳出錢啊?!」

又不能心饞又要錢？見夏心中大笑。還沒問完。

陳見夏說：「媽，妳是不是記得他？他和他家裡害我差點被振華退學。」

鄭玉清臉上的表情更微妙了，像提及了什麼髒東西，這髒東西卻十全大補，捏著鼻子也得往下吞。

她在沙發上盤起一條腿，兩手攏住，白了陳見夏一眼，像個關心疼惜女兒卻又恨鐵不成鋼的、眞正的母親。

「過去的不提了。妳小，吃了他的虧，我有什麼辦法。以後……」

「我吃什麼虧了？」

見夏媽媽不知道究竟是敏銳還是遲鈍，她終於發現女兒綿裡藏針的樣子不對勁。

「妳還有臉問?」

「這不正在問嗎?」

「他媽當初怎麼欺負我們母女倆的我還記著呢!妳當時給我丟多大的人啊,周圍妳爸同事、妳二嬸、妳姑姑陸陸續續都打聽出來了,人家問妳是不是被搞大肚子了讓振華給退學了,我都不知道怎麼說,妳確實跟人家去開房,我都不知道我怎麼教出妳這麼個……」

「現在含蓄了?」見夏說,「以前妳都直接說我在省城學野了,長大要去做雞的。」

鄭玉清沒想到從一向文靜的女兒嘴裡聽到這種話,愣住了。

「而且要不是妳嘴巴大,縣裡到底有多少人考上振華了,消息這麼靈通?妳哭天搶地地到處訴苦,爸攔都攔不住,我還沒忘呢。非要把我關在屋裡問我是不是處女,要給我檢查檢查……我也沒忘。」

陳見夏從行李箱角落拎出一只半透明的整理袋,拉開拉鍊抖了幾下,裡面的東西劈哩啪啦掉在客廳鋥亮的大理石地磚上。

「都是我去飯店開房間拿的梳子,要不要我一個一個給妳講來歷?」

陳見夏有特別瘋的一面,鄭玉清在她十八歲的時候見識過了。

她汗涔涔地問:「妳到底要怎麼樣?」

陳見夏發了兩條訊息在他們四口之家的家庭群組裡,一條是醫療保險墊付延後賠償保險的總費用,一條是純自費的花銷明細和總費用。

「我後天才走，明天還有一天時間慢慢算帳，這些都是我自己花的，小偉回來後，我們兩個一人一半。他可以用葬禮禮金抵。」

「陳見夏，翻舊帳是爲了這個啊，妳在這兒等著我呢，惦記禮金呢。」

「沒等妳，是讓他出，這是我跟小偉之間的事，只要妳不在中間替他擋著就好了。」

「陳見夏！別以爲妳有點本事了、找個靠山了就能跟妳媽搞清算那套了！妳那個靠山就是跟妳玩玩，妳當妳媽傻、沒見過世面？現在有錢人精得很，他那個媽什麼死德行、說的每一句話我現在都記得。有錢的都找門當戶對的，晃晃錢袋子就讓妳自己貼上去了！妳爸的病，他給妳出一分錢了嗎？給了妳會回家朝我要？」

所以當時在天津怎麼不把他轟走，怎麼不攔著女兒「跳火坑」、「往上貼」？十分鐘之前，她還覺得李燃出了錢，現在是徹底死心了嗎？

見夏心念百轉，決定將這一段嚥下去。

將將能連結的母女情，早就千瘡百孔、破陋不堪，再扯就要斷了。

「聊過的事別往回繞圈了，我說了，錢是我自己出的，沒有要別人幫忙。」

「妳要人家也得樂意給啊！人家玩妳呢！」

「對，」見夏麻木地微笑，「人家玩我，不給錢。所以結論還是，都是我出的，現在我要找小偉，讓他出一半，我們做子女的自己商量，妳能不能不攪和了？」

怎麼能不攪和呢？禮金都在鄭玉清自己手裡抓著，陳見夏匯回來的錢一直也都是存在她存摺上的，雖然未來一定都是小偉的，但這次老伴病倒，兒子的未來兒媳如此指望不上，讓她多少有些慌，她打定主意要把錢抓得更緊點。

小偉只是心裡沒數，有點敗家，但很親她，不用防著，兒媳婦是一定要防的，不怕一萬只怕萬一，萬一結了兩年要離婚呢？萬一兒媳婦存了心思倒貼娘家呢？萬一她也跟老陳一樣躺進醫院呢？小倆口又有了孩子，他們會不會跟陳見夏一樣瘋狗似地拿出錢說用最好的辦法治？

鄭玉清心裡有答案。

千頭萬緒讓她又渾身冷汗涔涔，想吐，又吐不出來，一言不發躺在了沙發上喘大氣。

「正好飯後二十分鐘，可以了。」陳見夏把抽屜裡的藥瓶一一拿出來，按醫囑劑量給她配好，「我去把窗戶打開來透透氣，妳自己倒水、吃藥。」

鄭玉清的心率漸漸降下去，斜眼瞄著客廳角落專心整理行李箱的女兒。陳見夏冷靜地將滿地的梳子重新收回整理袋，放進箱子角落，面色如常，好像那些瘮人的飯店梳子只是不小心掉下去的。

鄭玉清鬆了口氣，至少這把混過去了。她本來是想跟她好好聊聊李燃，哄高興了，趁見夏在家，把這房子的名字也變更成鄭玉清自己的。現在不敢提了，以後吧。

這個祖宗現在還是別待在家裡了，趕緊走吧。

陳見夏這時候忽然又講話了，鄭玉清的心率又上去了。

「媽。」

她不敢答應，假裝還在頭暈。

「妳不覺得荒謬嗎？我把單子發到群組裡，小偉到現在都沒反應。小時候，我跟他打得天翻地覆，爸當和事佬，煩了就裝看不見，就妳護著他，所以我恨妳。這個家裡兩個男的，一個躲清靜一個占便宜，是妳跟我吵；現在一個不在人世了，一個不在家，還是妳跟我吵。永遠都是我們兩個吵架。」

鄭玉清用手摀住臉，哭了。

第二天白天，陳見夏正在睡懶覺，忽然聽見客廳裡的爭吵。

她本想忽略，無奈越吵聲音越大，只能出去看個究竟，發現郎羽菲眼淚汪汪地站在一邊，是鄭玉清和小偉在吵架。

稀奇。

「這個軟體我就是下不下來，群組裡別人都下了！」

「妳自己不記得 Apple 密碼我有什麼辦法？」

「什麼 po？不是你給我弄的嗎？」

「妳去店裡人家幫妳註冊的，不是我！」

陳見夏問郎羽菲怎麼回事。

小偉永遠在用最新款的手機，買了 iPhone7 就把 iPhone6 淘汰給了鄭玉清，即便是淘汰下來的，也超過她身邊九成的親戚朋友了，本來是喜孜孜的事，小偉不想她用自己的蘋果商店帳號密碼，給她把手機恢復成原廠設置了，讓她自己註冊一個。

可能是因爲正在熱戀中，小偉直接打發她去了老街上新開的一家具備蘋果授權資格的數位商店。店員比親兒子還熱情體貼，手把手教她，幫她註冊了帳號密碼，下了一堆App，鄭玉清被耍了，買了一張二九九元的VIP服務卡。

店員說，有這張卡，以後手機只要有用不明白的，妳就來，我們給妳弄。她當時還特意給小偉打電話，問是不是騙錢，小偉不知道在忙什麼，不耐煩地說：「沒關係，妳就辦！妳跟爸不是老弄不明白手機嗎？你們以後都能用！」

陳見夏聽得想翻白眼，她當初是不是往家裡匯錢匯太多了？

上午鄭玉清坐了半個小時的公車去了老街，店員趾高氣昂，翻臉不認人，問她怎麼沒帶那張卡。

「說報手機號碼就好了。」

「沒卡不行。妳回去拿卡吧。」

鄭玉清又坐了半個多小時的公車回來，回來的一路上沒有空位，她越想越氣，知道自己被耍了，但這半年來她的記性越來越差，怎麼都找不到那張破會員卡，決定不去受那個鬼氣，一定要讓小偉給她重新設置。

小偉正帶著郎羽菲連線打遊戲，兩人都戴著耳機，鄭玉清第一次喊，他沒聽見。她一下子脾氣上來了，不知道是病情的緣故，還是忽然感到失去了見夏爸爸這個依靠，心裡發空，她拎著拖把衝過去，把茶几上的東西統統掃到了地上。

小偉學業不成、事業不成，鄭玉淸也只是埋怨他幾句，他甚至可以頂嘴。沒見過這種陣仗，傻眼了。

郎羽菲輕聲對見夏說：「姐姐，是不是……阿姨是不是生我的氣？叔叔生病我也沒去照顧，什麼忙都沒幫上。」

婆媳猜忌鏈居然這麼早就形成了。見夏無奈。

「操辦葬禮那麼多瑣碎的事不都妳忙前忙後的，我爸的事，誰也沒想到會那麼快，別多想了。」見夏說，「妳站在這裡也尷尬，要不然先走吧，我勸勸。」

郎羽菲如蒙大赦，悄悄離開了。

或許郎羽菲說的是對的，鄭玉淸有一部分是在給未來兒媳下馬威，讓她知道這個家誰是女主人，這個傻兒子得聽誰使喚。陳見夏懶得多想了，她決定回去睡覺。

也不知道母子倆怎麼吵的，又是怎麼和好的，下午小偉開車，陳見夏跟著他們一起去市區。原本爸爸去世後就有一些需要公證的手續要辦，順便去老街數位商店幫她媽媽討公道。

一家三口一起出現還是很嚇人的，小偉天生就有「社會人」的樣子，高仿名牌皮帶和小皮衣一穿，店員自動矮了三分。

鄭玉淸看兒子的眼神又滿是慈愛了。陳見夏忽然心理平衡了。

的確有許多事，是小偉光靠他的存在就能夠完成，她就算豁出去耍賴打滾也得不到的，不管是缺德店員的尊重，還是鄭玉清的愛。

她早就該想明白的。

# 七十八 · 死與新生

陳見夏獨自一人在老街散步，寒冬工作日白天十分蕭條，她想起當時在流光溢彩的街上起舞，對著櫥窗裡每一條裙子和包包幻想著一種鮮明的、生氣勃勃的未來。

像電視裡面的女人一樣，穿著高跟鞋和名牌套裝走得虎虎生風，取英文名字，用ＩＢＭ帶觸控小紅點的筆記型電腦，把坐飛機當通勤，下班後喝香檳泡澡，在明亮的會議室和莊重的大講堂揮灑自如地講述成功經驗，成爲令人豔羨的偶像，成爲「自己」。

但沒想過，具體做的是什麼工作，喜不喜歡，有沒有意義和價值。

坐飛機飛去哪裡？

「自己」又是誰？

小時候那些假模假樣的作文，「我的理想」，好像都被狗吃了。

不知道。她沒有夢想，只有夢想的生活圖景，這個圖景如此簡單粗暴：比別人好就好，能讓人羨慕就好，甚至，不做陳見夏就好。

所以要好好讀書，知識改變命運。

當她擁有了第一個名牌包，第一雙走了三步路便痛到脫下來徹底封印到鞋盒中的

「紅底鞋」，坐飛機坐到厭倦……又開始想要有個房子。

在上海買不起，新加坡也買不起，就算勉強湊齊頭期款，買了又怎樣呢？財富增值？抵禦通貨膨脹？投資？

自己給自己一個「家」？

Simon曾經問過她這個問題，陳見夏的答案竟讓他哭笑不得：「因爲我不想背貸款。我做分析的，不用你告訴我這個想法有多愚蠢。」

「我以爲妳是個很嚮往穩定幸福的人。」

「不是我吧，你說的是你認爲的所有女人。」

「那不背上又怎麼樣，會自由嗎？我看妳在上海待得滿穩定的，熬服務期也熬得很敬業，難道還想到處跑？……Jen，妳到底想往哪裡跑？」

關於省城的房子，她說了謊。

給爸媽和弟弟買房子固然是因爲家人威逼利誘，但沒人能強迫陳見夏做她完全不想做的事。她不想考大學入學考，於是連李燃都可以背叛，還有什麼能束縛住她？只是順水推舟。

她的人生清單有好幾個勾打不上，其中一個勾是要有自己的房子，三個勾是孝心：養老、父親送終、母親送終。

於是她半推半就，讓爸媽和弟弟永遠欠下了她的情，一口氣打掉了養老和買房子的勾。

這次又爲爸爸打掉了一個「送終」。她的愛裡有恐怖的私心，作好了花掉大半積蓄的心理準備，止步於尋找捐贈肝臟的訂金，眞正的大筆花費都省下了，不知道是不是爸爸感受到了女兒的自毀傾向，受不住了。

陳見夏抬頭，看見李燃和舒家桐正在一起散步，剛從小徑轉到主街上，差點當場碰面。見夏往旁邊一閃，躲在了街邊一個髒兮兮的雕塑後面。

李燃雙手插著口袋，舒家桐想把手也放進李燃的口袋裡，被李燃拿出來，反覆幾次後，舒家桐發火了。

「你就是現在用不到我了！」

「的確用不到，一直就沒用到過。舒家桐，我是碰妳了還是騙妳了啊？」

「你就那麼討厭我嗎？就是覺得我乘人之危，壓你吧。官司也結束了，我是不是仗勢欺人你感覺不到嗎？」

「這個道理我再跟妳講一遍，妳爸不想管妳胡鬧，妳年紀還小，喜歡誰都無所謂，但最好不是我。他身體不好，只有妳一個女兒，妳又完全沒上進心，一想到自己的金山銀山要拱手給妳未來的老公，一個外人，他就氣得想拉全世界陪葬。誰都不能碰他的東西，包括妳，更不可能是我，如果妳跟我在一起，就等於妳爸親手把整個家都打包送我爸了，他會氣厥過去，妳明白嗎？他們以前拜把感情有多好，現在就有多恨，他恨不得我爸去死！聽、懂、了、嗎？」

「我天天找你玩我爸也沒管我，而且最後他不是也幫忙了！」

「說了是覺得妳還小，對妳也沒什麼期望，再難聽的話我就不說了，說了妳也聽不懂。總之妳的一舉一動都有人盯著呢，他幫我也是因爲我上道，看出他的心思了，所以從頭到尾都沒利用過妳。」

「但你對我也很好。」

「因爲妳是個好女孩，年紀小不懂事，而且當時的確在調解官司，我不想讓妳耍脾氣跑去他那裡告我黑狀，他會用純洋酒灌死我。」

「是因爲你喜歡別人吧？」

「眞是受不了了。」李燃自顧自往前走，「對。說到重點了，而且我早就告訴過妳。」

「別故意氣我！」舒家桐追上去。

「是眞的。」

李燃又說了什麼，但已經走遠了，陳見夏站在上風處，聽不清了。

她也準備離開，大衣不小心勾在雕像上，把天使的翅膀給拽下來了。

見夏大驚失色，還好街上沒什麼人。她撿起翅膀，忽然明白過來，一抬頭——是那家俄式西餐廳。又是一個約定好十年後再來的地方。

小時候戀愛眞是喜歡作約定，眞的以爲未來也會手牽著手，聖地巡禮。

幸好，李燃告訴過她，這個翅膀是楔形結構，他爺爺的朋友做的，能安裝回去的。

然而，她安了半天，都安不回去。

陳見夏自己進去吃了頓飯，看了看時間，覺得應該不會影響那兩個人談心了，她才給李燃打了個電話。

李燃二十分鐘後推門進來，看見陳見夏桌上的殘羹冷飯，問：「這位女士，妳什麼意思啊？」

「我送你個禮物。」

李燃歪頭不解地看著她，陳見夏有些難堪，指著不遠處吧檯附近的木雕，常年在外面風吹日曬，小天使的白色漆面斑駁不堪，木頭也有些爛了，搖搖欲墜。

「還記得它嗎？」她問，「翅膀掉了，讓我給碰壞了。」

「他們敲詐妳了？」

見夏苦笑，「一開始倒是想，領班過來就跟我說，這個是百年老店的古董，放了好多年了什麼的……還眞是謝謝你了。我還記得那翅膀上面印著……」

「西郊模具廠。」兩人異口同聲。

李燃忍著笑，「最後談到多少錢啊？」

「一千五。正好是你那雙鞋的錢。報應。」

李燃已經完全忍不住，哈哈笑出聲，陳見夏也笑了。

「爲什麼送給我啊？」

「總不能擺在我家裡，我媽和我弟一定會偷偷給丟了。」

「我覺得我自己家的裝修風格還不錯啊，不是土豪歐式風情，妳又不是沒去睡過，妳覺得擺這麼個文藝復興大天使在客廳裡，合適嗎？」他趴在桌上，湊近她，「除非妳想把我們家裝修成這樣，那我沒意見，現在就找人來扛走。」

我們家。

陳見夏笑了很久。

她眞的好喜歡他啊，他說什麼她都覺得好笑。

也只能笑了。

陳見夏用刀叉玩著盤子裡剩下的馬鈴薯，許久之後，李燃問：「妳又要走了嗎？」

「明天上午燒頭七。我爸爸還是想葬回老縣城，但墓地還沒買好，先把骨灰請出來，回一趟老房子。我自己是晚上的飛機，回上海。」

「然後呢？接受妳老闆的提議了？去新加坡？」

「過渡一陣子，然後再說。」

李燃很平靜。

他秦淮河畔十八歲的平靜是帶一點表演性質的，雖然是眞情實感的少年心性。

「家裡的事解決了嗎？」見夏問，「總是在聊我，你很少提自己。」

「不用提啊，」李燃說，「妳去舒叔叔的場子看過一次，就嚇死了，還提什麼。」

見夏不好意思，「我的確很害怕。但你別說是因爲保護不了我這種話了，也別把我爲了自己求學的選擇和不信任你扯在一起說。」

李燃點頭，「知道了。」

他還是不習慣跟她講自己，平日貧嘴嗆人溜得不得了，一講自己就便秘。

「總之，算是搞定了，結束了。」

「總之？」過程半句沒講，就「總之」了？陳見夏握緊了手裡的餐刀。

李燃又擠出來一點：「兩億變成三千萬。」

她不想為難他了，「可以了，很具體了。」

「哦，今天上午調解結果出來之後，我跟我爸差點打起來。不是我打他啊，雖然我上高中的時候他就打不過我了，但我一直讓著他。其實這個結果非常好了，但老李非要裝酷，又擺出一副老大不情願的樣子，還吼我媽，我就把他給罵了。」

李燃忽然說：「我沒跟妳說過吧，我媽不是我親媽。」

陳見夏差點被自己的口水嗆死。

她不再玩馬鈴薯，專心托腮看著他。她覺得李燃東一榔頭、西一棒槌的樣子，實在是，太可愛了。

「打我有記憶起，我媽就是我媽。後來才知道我親媽生我之後身體很差，我剛過百天她就去世了。也有人說我媽媽是早就跟我爸好了，就等著上位什麼的，很正常，老婆過世一年多就再娶，娶的還是生意夥伴，他又順風順水開始賺錢了，沒人這麼說才奇怪呢。但是我相信我爺爺，我爺爺這麼討厭他們，都說這事是瞎扯，那就一定是瞎扯。

「她沒有生自己的孩子，小時候一心一意帶我，但她更想跟我爸做生意，所以把我放在我爺爺那裡她毫無意見。有親戚說她心狠，果然不是自己親生的，有機會就不管了。但不是的，小孩不傻的，她就是因爲眞的拿我當自己的孩子，而不是一個需要捧著供著做面子的工具，所以才說丟就丟了。這是親媽才敢幹的事。」

「原來你從小腦迴路就那麼清奇，」陳見夏說，「但我覺得你說得有道理，你媽媽是眞的很保護你。」

「保護我，所以對妳說了很過分的話，我知道。」

「父母那代都有局限性的，觀念不行。」

「不用這麼客觀，」李燃說，「就是很傻眼的話。不過他們那代人的確都是這麼想的，她自己明明很要強，被別人說閒話也會偷偷抹眼淚，卻又這麼說別人的女兒，我也搞不懂。」

「把那段跳過去吧。」見夏說。

「我爸能有今天，一半的功勞要歸她的，甚至這次鬧出事的借款擔保，我媽當時的直覺也很準，不讓他簽字。他不聽。這幾年她一直想讓我爸退下來，說讓我多鍛鍊鍛鍊，她覺得他的思路觀念都老了，反而是我爸不肯，我才知道歷史書和《動物世界》講的都是眞的，兒子和老子交接肯定打架。」

什麼跟什麼。見夏扶額。

「滿好的，這次一賠錢，正好把他那些只賺面子不賺裡子的破產業賣了一半。當然我說不定做得沒他好，幾年就給他全敗光了，不過我媽會幫我慢慢交接。老李嘴上不服輸，給自己找藉口，說無論如何都是親老子交給親兒子。這話眞的傷到我媽媽了，她這段時間也心力交瘁，而我的確，不是她的親兒子，她年紀大了容易脆弱，整個人都癱掉了。好了，好了，我終於把話圓回來了——以上就是我爲什麼跟老李打架。」

「哇！」陳見夏誇張鼓掌，「講得眞好，不容易啊！」

李燃瞪她。

李燃跟她講話的時候，跳脫得還像個高中生，甚至鬆懈得有些幼稚，跟和移植科醫生在飯桌上斡旋的完全不是同一個人，卻奇異地融合在了一起。

我愛你。陳見夏在心裡說。

「這回可以說總之了吧？總之老李宣布退休了。」

「恭喜你啊，小李。」陳見夏跟他用白開水乾杯，「你的自由日子也徹底到頭了。」

李燃的笑容漸漸淡下去，「嗯，到頭了。」

他問：「妳呢？除了過渡，眞的沒有計畫嗎？」

「其實有。」陳見夏說，「爲了更好地跳槽，我可能再去讀個碩士，可能是MBA，也可能不是。想多做點別的工作，再多去幾個國家，國內也可以，多去幾個城市，反正我很習慣搬家，我從小就想往外跑，但不知道究竟要跑到哪裡去。」

見夏羞澀，「我說得還不如你，這哪算是計畫。」

李燃說：「算。找到了告訴我，一直沒找到，也沒關係。

「妳自由了。」

# 七十九・永夏

即便老縣城裡的人抱怨自己是城區改造中被丟下的一批人，是犧牲者，陳見夏仍然覺得這裡變化巨大，她幾乎認不出來了。

曾經心目中無比繁華的第一百貨商場十字路口原來這麼狹窄侷促。廣告招牌才是商業街的靈魂，十字路口換了一層皮，對異鄉人陳見夏說：妳好。

小偉和媽媽在車上因爲並線變換車道的事情又拌了嘴，媽媽下了車忽然對陳見夏唸叨，司機身後的位置最安全，副駕駛座最危險，小偉竟然讓郎羽菲坐在後座內側，讓自己坐副駕駛座，這是眞不拿親媽當回事了，還沒娶呢就忘了娘。

陳見夏覺得她媽被害妄想。

回老房子放東西時，媽媽抱著爸爸的骨灰罈在房裡轉，說要讓他看看過去的家，原本見夏眼眶濕了，媽媽卻藉著跟爸爸「說說話」開始抱怨起了孩子，小偉受不住嘮叨，自己嘟囔了一句：「可不想住在一起了，乾脆讓她自己回這邊住算了。」

好像也不全是被害妄想。

樓下街道狹窄，小偉把車停得比較遠，他和女朋友去開車，見夏和媽媽在路邊等，鄭玉清全然不知兒子剛才脫口而出了一句多麼可怕的話。

見夏不打算告訴她。可能只是弟弟的氣話，就算眞想要付諸實踐，她也相信鄭玉清的戰鬥力。

陳見夏還會回來的。她無法和她媽媽相處，一生的母女緣就是如此稀薄，沒有辦法，但如果再遇到什麼，她依然會回來，傾盡全力。

就在這時候，她看見了那個傻子，「嘀嘀嗒」。

他戴著老式雷鋒帽，穿著軍大衣，臉上是整潔的。

這麼多年來，還開著自排車，鬆離合器掛檔踩油門鳴笛一氣呵成，就在她們面前轉彎。

陳見夏拉著媽媽退後，爲他的左轉讓行。

小時候他們追著他丟石頭和塑膠水瓶，大人偶爾攔一下，背後都在惋惜，這也活不了幾年，多可憐。

陳見夏看著他，忽然笑了。

他活得比他們都久，而且比他們每個人都快樂——他就是喜歡在馬路上開大貨車，從一開始，他就比陳見夏清楚自己想做什麼。

陳見夏在上海待了最後一個月。

Simon的確幫了她，在他有暇自保、遊刃有餘的範圍之內。陳見夏回請了他一頓飯，他誤以爲曾經的關係還能繼續。

他們吃完飯去看電影，黑暗中，Simon 抬起兩人座位之間的扶手，牽住了陳見夏。

陳見夏將手抽了出來，又將座椅扶手放下。

走出電影院，Simon 聳聳肩，說：「本來以爲可以更進一步的。」

他從外套口袋裡拿出一只戒指盒，說：「呃，不是 propose。」

陳見夏漠然，「我也沒覺得是。」

Simon 一口小白牙，笑起來時非常健康陽光。

「但是是情侶戒。」

「爲什麼？」陳見夏問。

對方不明白，「爲什麼？」

「爲什麼是現在，今天，此時此刻？發生了什麼事？」

他們雞同鴨講。

Simon 困惑道：「我以爲妳不是那麼在乎 timing，也沒有那麼在乎浪漫。爲什麼是今天？因爲 Frank 作了決定，妳回來了，妳今天請我吃飯，所以是今天。」

陳見夏非常認眞地看著他，好像要從他身上尋找什麼答案，但 Simon 能夠感覺到，她內心的問題，與他無關。

Simon 硬著頭皮說完：「經過這麼多事情，我發現和妳在一起最愉快，或許我們可以嘗試成爲眞正的 partner……妳覺得我不夠眞誠嗎？」

陳見夏也決定誠實一次。她接過 Simon 的戒指戴在了中指上。很漂亮的一只鉑金裸戒，簡單大方。

她給 Simon 講了一個故事。十幾年前，高中一年級，有一個女孩誣蔑欺負了她，有一個男孩跳出來貼了張以牙還牙的誣蔑大字報，無賴的手段成功讓對方五內俱焚，也讓她……

「很開心。」陳見夏說。

她詳細回憶了那一段誹謗誣蔑的內容，語氣輕鬆，把 Simon 嚇到了。

「告訴我你最眞實的感受，好嗎？從你的教育背景，你的成長環境，你的價值觀出發。」

陳見夏的目光比他們相識以來的任何一刻都堅定。

Simon 誠實回答：「我覺得他有更好更成熟的方式來處理這件事。他不是 gentleman。」

陳見夏笑了。

「對，他不是。」

陳見夏拿下戒指，遞還到 Simon 手中。

Simon 難得有片刻的失神，很快恢復了風度。他問見夏：「我們還是朋友吧？」

陳見夏說：「當然。我眞心感謝你。」

離開上海前一天，見夏參加了楚天闊和淩翔茜的小型婚禮。

上海這一場辦得很急，通知得也晚，據說是準備回家鄉風光大辦，再把所有人都請回去參加，所以林楊、余周周等老同學來不及回國，統統沒趕上這一場。

婚禮上見夏幾乎沒見到熟人。雙方家長也沒出席，賓客全部都是年輕人，大多是淩翔茜在上海的朋友，陳見夏這種原本是雙方同學的客人，都被淩翔茜推進了楚天闊親友團——廣義伴郎團中唯一一個女生。淩翔茜說否則楚天闊那邊看上去實在太可憐了。

畢竟楚天闊剛剛在上海工作兩個月，此前，陳見夏剛離開，他就到了上海。

爲淩翔茜。

楚天闊辭了北京的工作，空置了北京的房子，丟下在北京經營十年的同學、同事種種人脈，甚至不知道淩翔茜是否已經有了男朋友，還喜不喜歡他……孤注一擲地來了。

於是淩翔茜終於答應了楚天闊的追求。

陳見夏聽到淩翔茜那邊的賓客一驚一乍地講著兩人的浪漫愛情，怎麼都覺得這個故事不像班長的作風。

楚天闊這種人，一定是先找獵頭公司定好了下家才來的。

而且把北京的房子空置了——是走太急，這三個月來不及收租了嗎？這算什麼犧牲?!

困惑的當然不止這一件事。比如，爲什麼要在冬天辦婚禮？雖然上海室外溫度不低，但淩翔茜看上去怎麼都像是會在最燦爛的夏天辦一場夏日婚禮的夏日新娘。

凌翔茜妳不再考慮考慮嗎？就這麼嫁了？

還好天公作美，晴空萬里，連一絲雲彩都沒有，因爲是冬日晴天，反而比過分熱鬧的四、五月、悶熱煩躁的七、八月都要清朗舒爽。

她哭笑不得，默默詛咒在北京有房、在上海說跳槽就能找到好工作，還迅速娶到了完美凌翔茜的楚天闊。

憑什麼他過得那麼好。好希望他一會兒上台的時候穿著西裝跌個狗吃屎。

彷彿一覺睡過了一整部電影，醒來只看到了大團圓結局，愣得不得了，卻因爲尚未散場不能亂講話，只能靜靜等著儀式結束再問清楚，自己到底錯過了多少劇情。

陳見夏從服務生托盤上取下一杯香檳，決定讓自己糊塗一點。

這場婚禮比她想像中更感人。

他們保留了 First Look 環節，所以楚天闊的親友團是跟在新郎身邊等待新娘出現的——他們之前沒有拍婚紗照，楚天闊也不知道凌翔茜會穿什麼婚紗出現。

不知道是不是香檳喝太多，凌翔茜出現的時候，先哭出來的居然是陳見夏。

好美。

陳見夏在楚天闊身後，看不到他是什麼表情，只能看見珍寶一樣美的凌翔茜走近，輕輕提著魚尾裙襬，像童話裡試穿水晶鞋走入新世界的公主，一步一步鄭重小心，眼瞼低垂，偶爾抬眼看看對面的新郎，露出羞澀的笑容。

楚天闊應該是裝不下去了，上前幾步要去牽凌翔茜的手，被陳見夏阻止，「還沒到那個步驟呢！宣誓了才能親她！」

伴郎團臨陣反叛，凌翔茜大笑，燦陽下發著光，更美了。

楚天闊回頭，非常準確地瞪了陳見夏。

陳見夏暈乎乎的，望著這兩個人，淚眼模糊間，好像回到了北方白雪皚皚的冬天，她無意間望見他們站在校外，還是少年時的模樣，也是這樣刻意隔著一段距離，想靠近卻只能縮回手。

過往歲月像一個浪頭打過來，幾乎把陳見夏打翻。

儀式結束，見夏看楚天闊迎來送往實在忙，抽空和他打了個招呼，說自己必須要走了。

「發生很多事。」楚天闊說，「前段時間有點焦頭爛額，等我安頓好，慢慢跟妳講。」

「我看上去像有很多疑問嗎？」

「全寫在臉上了。」

畢業後他們並不親密，但她就是比他後來認識的所有新同事都敢在婚禮上起鬨，他也依然看得出她遮蓋不住的好奇。

「那等你們給我講，」陳見夏也朝不遠處換了一套日常小禮服的凌翔茜揮手致意，「是個很長的故事吧。」

「我們認識十多年了吧？」楚天闊忽然說。

見夏點點頭。

是多年老友，不是多年相伴的老友，情誼在，但每個人的故事都是「另一個故事」了。有機會就聽一聽講一講，沒有空，直接看著結局流淚也好。

「班長，其實我以爲你長大了會是混官場，然後很理性地娶了自己不喜歡的長官女兒的那種人。」陳見夏都轉身走了兩步，忽然又說。

楚天闊嗆了一下。

他不甘示弱，「我也以爲妳會嫁給一個夢想中的ABC，然後馬上生四個孩子安定下來。」

見夏啞然，兩個人同時反問對方：「眞的假的？」

楚天闊先道歉：「我有點誇張了。」

「但我是眞的這麼認爲的。」陳見夏懇切道。

楚天闊朝她擺擺手，轟蚊子似的，「趕緊走！」

陳見夏坐在計程車上，滿足地靠著車窗打瞌睡。她想起最後楚天闊問她：「我讓妳很驚訝？出乎意料？」

她誠實說：「是的。」

楚天闊笑得很燦爛，是陳見夏認識他這麼多年來見過的最燦爛不設防的笑容。

「那太好了。」

陳見夏不知道班長有沒有找到綠子說的「百分之百的愛情」。

但她直覺，他終於有資本做百分之百的他自己了。

最合適的時間只有酷鳥航空，陳見夏坐慣了的廉航。連展示安全設備的小電腦都沒有，空姐親身上陣。陳見夏想，這個空姐的兔寶寶牙長得好像翁美玲。

她打開在機場隨手買的一本言情小說，拆開膠膜，翻到扉頁，愕然看到側面的作者簡介。

筆名是筆名，作者的照片有些眼熟，再往下一行寫著：本名于絲絲。

陳見夏很久沒有如飢似渴地閱讀一本書了，才看到第二章就看到了女主角被同桌偷竊CD隨身聽，窮苦女二無論如何也不肯承認，還倒打一耙。

女主角默默嚥下了這份苦楚，在心中默默感慨，爲什麼女性總是爲難女性，我們在愛情中彼此競爭，卻忘了共同的苦難史。

道理是這個道理，但陳見夏還是氣得把書往前排椅背一塞。隨緣吧，誰撿到是誰的。

窗外大霧瀰漫，遠處跑道上其他的飛機都消失了，只能看到機翼上閃爍的燈，像星星在海中起起落落。見夏頭一歪，靠著窗戶睡了過去。

她醒來的時候飛機已經要降落了。

新加坡的海面是綠色的。

飛機低空穿過了市區與機場中間的一大片海灣，紅白相間的漂亮運貨船和飛機同向而行，速度相同，好像兒童玩具黏在了綠色的老玻璃上。

陳見夏處理掉了上海家裡大部分的東西，全部行李最後只剩下一個三十英寸託運行李箱和一個登機箱。

登機箱的角落裡躺著一條圍巾，跟她從省城回到縣一中，又回到省城，去了新加坡，去了上海。最後，戴去了她爸爸的葬禮。

但她這個冬天一次都沒有在李燃面前戴過圍巾。她不想用過往歲月將他從屬於他的世界拉回來，勝之不武，那條圍巾是她的翅膀，最深切的、最隱秘的力量。

李燃曾說妳拿下就拿下，夏天遲早會來。

現在陳見夏帶著它落在了永不止息的夏天裡。

他陪她度過了生命中一個比一個艱難的冬天，然後平靜地看她飛走，祝她自由。

飛機剛一落地，還在滑行，陳見夏打開手機，終於等到右上角出現了訊號標誌。

「喂？」

陳見夏哽咽得說不出話。

沒有為什麼，也沒有發生什麼，不必特意選擇timing，就是今天，就是現在。

「李燃，我愛你。」

那邊很安靜。等待的時間如此漫長。

她輕聲問：「你聽見了嗎？」

「聽見了啊。」李燃說。

「妳等等，我開著免持聽筒訂機票呢。」

李燃說：「妳終於主動找我了啊，媽的，可急死我了。

「陳見夏，我愛妳。」

# 八十 這麼多年

第二年十月，小偉的婚禮陳見夏沒參加。她在國立大學讀ＭＢＡ，沒趕上。作爲補償，陳見夏叫媽媽和弟弟、弟媳到新加坡過元旦。最終小偉和郎羽菲沒走成，因爲郎羽菲懷孕了。

見夏以爲鄭玉清也不會來了，她一定要照顧弟媳的——沒想到鄭玉清說，他們愛去不去，我要去。

陳見夏等著鄭玉清出關，隱隱擔心，她會不會因爲莫名其妙的原因被卡住，飛機上會不會發病，給她辦了國際漫遊，爲什麼不回訊息，她不會爲了省錢把流量關了吧……

等到鄭玉清頂著一頭羊毛捲、戴著遮陽帽、小墨鏡出現，她才鬆口氣，然後感到頭痛。提前頭痛。

鄭玉清見到她便開始描述自己下飛機後的見聞，樟宜機場的地毯怎麼那麼多、的確比省城的豪華、那麼多商店、但這機場好老啊、熱帶眞厲害啊機場裡就那麼多植物……

她們在室內的計程車通道口排隊，旁邊正是一座小型雨林植物牆，鄭玉清一定要在牆前面照相，無論見夏怎麼勸她。

「走出機場，到處都是棕櫚樹。」

鄭玉清不聽。見夏拍了好多張，鄭玉清怎麼都不滿意，最後說：「妳就是不用心，拉倒，我自己修。」

陳見夏說：「嗯，自己修吧，能把腿拉成兩公尺長。」

她一回頭，看到電子廣告牆上閃過一句廣告語，沒看清，好像是「There is a bridge between hope and…」

陳見夏好奇，and 什麼？fear？despair？reality？

沒機會知道了，排到她們了。上車後鄭玉清對陳見夏說：「我還以爲新加坡多乾淨呢，馬路上很乾淨，這車裡怎麼還是有股餿抹布味？」

陳見夏說：「媽，這裡幾乎一半以上的人都聽得懂中文。」

鄭玉清誇張地嗅了嗅自己的白色紗綢上衣，說：「啊呀，不怪人家，是我自己出汗了！」

陳見夏忍著笑，眼見司機輕輕鬆鬆把車速飆到了九十。

她們去了很多地方。

鄭玉清覺得現代藝術博物館沒什麼意思，那些裝模作樣的餐廳也讓人不舒服，還是大排檔好吃。鄭玉清也喜歡陳見夏上學時最愛喝的「酸汁甘蔗水」，那家大排檔是新加坡最有名的大排檔之一，曾經是貧民食堂，旁邊立著個金屬牌寫了簡介。

鄭玉清指著說：「建於一九八七年，小夏，是妳出生那年呀！」

鄭玉清覺得夜間動物園也好玩，大象、花豹都好看，新加坡人膽子真大啊，那麼輛沒遮沒擋的小車，就敢開得離動物那麼近，嚇都嚇死了。

三十分鐘車程後，下車自由遊覽，她們在蝙蝠園外面碰見了德國人一家四口，父母和姐弟。蝙蝠園在紅樹林小屋裡，爲了尊重動物的習性，周圍幾乎沒有燈，見夏知道穿過三道鐵門簾，裡面就是一籠子的蝙蝠，於是止步了，德國一家也止步了，只有膽子大的小男孩和看不懂英文的鄭玉清還在一層一層掀開門簾往裡面走。

「媽，裡面是蝙蝠。」

鄭玉清不解，「蝙蝠怎麼了，家裡也不是沒有，晚上還會吱吱叫呢。」

「好像是很大的那種，而且，裡面特別多。這裡英文寫了，小心謹慎，牠們可能會一起往妳這邊飛，呼妳一臉。」

鄭玉清一個急轉身就往外跑，小男孩沒想到會被這個中國阿姨、最後的戰友背叛，哇的一聲哭著一起跑回來。德國一家哈哈哈笑，鄭玉清也聽不懂他們嗚嚕嗚嚕地在說什麼，但跟著一起笑。

「老外還滿有意思的。」鄭玉清說。

走出紅樹林，鄭玉清看著路牌說：「我要去上廁所。」

「上大號？」

「怎麼，不行啊？」

「妳讓我站在夜間動物園裡等妳上大號？現在半夜十一點三十五分，妳是被蝙蝠嚇出來的嗎？」

鄭玉清臉紅了，說：「小兔崽子，白養妳了。」

這是她對陳見夏講過的一萬句「白養妳了」裡面最溫柔的一次。

晴朗的白天，鄭玉清在聖淘沙說：「小夏，這是媽媽第一次見到大海。」

陳見夏說：「妳開玩笑吧？」

「真的啊，這玩意兒我騙妳幹什麼？照片一定看過，電視上也看過，我又不是說不認識這是什麼，是大海嘛。」

「但妳第一次見真的海？」

「啊，對啊。」

陳見夏鼻酸，說：「那要不要拍照啊？我給妳拍個夠，妳說怎麼拍就怎麼拍。」

鄭玉清很開心，還把紗巾舉起來散在風裡，讓陳見夏給她拍得「飄逸點」。

鄭玉清是在回省城一個星期後去世的。

中間的一個星期，她發足了文，都是陳見夏幫她 P 的圖，首頁封面也換成了她最滿意的一張在海邊舉著紗巾的照片，頭像是坐在夜間動物園的遊覽車上藉著夜燈拍的側影，簽名檔換成了「享受人生，遇見最美麗的自己」。

小偉說早上她沒起床做早飯，九點鐘去叫她的時候已經叫不醒了，醫生說是心因性猝死，睡夢中過去的，應該沒什麼痛苦。

和爸爸的葬禮不一樣，這一次陳見夏哭得無法自控。二嬸一手牽著上小學的孫子，一邊扶著見夏說，到底還是母女連心。

陳見夏在心裡說：「才不是，我恨死她了。」

按照家鄉的規矩，懷孕的弟媳不能來陰氣太重的地方，陳見夏和弟弟一起請親友吃了午席。弟弟說，媽回來一直唸叨一件事，但她自己也沒想到突然……所以我也不知道她是真這麼想，還是隨口一說。

「說什麼了？」

「她說想把骨灰撒海裡，一見到大海，就喜歡上了，說熱帶的海綠汪汪的。」

小偉哽咽，「姐，要不要照她的意思辦？」

「我哪知道哪句真哪句假，我不懂她。」陳見夏仰起頭，沒有用，眼淚還是順著眼角淌下來。

「一半一半吧，一半我帶走，送她去大海。」

陳見夏帶著她媽媽的骨灰坐了頭等艙，李燃陪在她身邊。

她從小就朝爸媽要公平。

給爸爸花了那麼多錢，媽媽卻忽然就走了，所以，鄭玉淸女士也應該得到一點公平。他們或許永遠都改不了了，那就從她這裡開始改變。

機票陳見夏堅持自己出錢。和她爸爸治病的時候一樣，這種事李燃從來不與她爭，他知道她小時候有多麼缺錢，也知道陳見夏在用錢來表達愛。

她從來就不是一個善於表達的人，不曾被好好愛過，所以也不知道如何坦然愛人，只要是她自己想出來的方式，他永遠支持她。

起飛的時候見夏會說：「媽媽，起飛了。」空姐送來香檳，她說：「妳沒喝過香檳吧？酸溜溜的，其實不好喝。」

李燃沒有打斷她的碎碎唸，只在見夏掉眼淚的時候幫她擦一擦，輕輕地親她的額角。

陳見夏說：「其實，上一次我不是純粹盡孝，只是因爲跨年，你去澳門辦事，我一個人無聊，所以突發奇想讓她來的。

「有時候我想，雖然動機不純，但幸虧她來了。我們玩得很開心，好像從小到大都沒這麼親密過。」

見夏笑，「有時候又想，要不是折騰她坐了那麼久的飛機，熱帶寒帶地折騰，或許她就不會……」

李燃陪著她去了很多旅遊景點。

陳見夏說：「上次來得匆忙，總覺得以後還有機會，走馬看花去了一些大衆景點，結果還沒走完。她心臟不好，沒去過環球影城，我想帶她去水族館。金沙飯店也沒去，頂樓那個最熱門的無邊際泳池被網紅占滿了，我預約不上，只想著去旁邊的酒吧碰碰運氣，反正側面也能看到泳池和海灣。但她一看見飯店樓下紙醉金迷的商場就慌了，說什麼都不肯上樓。哦，還有夜間動物園，她超級喜歡夜間動物園，說有機會還要再去，我帶她再去一次吧？

「撒進大海裡，就眞的見不到了。讓我再留她一會兒。從小我們就很少一起出門，每次都因爲弟弟吵架。」

「好，不著急，不著急，」李燃緊緊抱著她，「我們一個地方一個地方去。」

他們還沒趕到金沙飯店，就被四點鐘準時的大雨擋在了小路上，狼狽極了，旁邊是修路的建築工地，只有一小塊遮雨棚，容納兩個人。

新加坡的雨從不曖昧。下午四點左右，瀑布一樣從天上直接往下潑，下二十分鐘準時收工，這個國家的大自然也格外守規矩，沒有差池，絕無意外。

「我以前在金沙的樓上也遇到過這個時間的大雨，非常美的雨雲，你能很清楚地看到它陰沉沉地，滾滾而來，只比你站的位置高一點點，只有那麼一小塊範圍，從一邊飄到另一邊，像準時上班準時下班的高空灑水車。」見夏說。

「現在也是，」李燃說，「很漂亮啊，妳看，那邊有太陽，那邊有晚霞，隔三條街馬路都是乾的，就我們腦袋上有雨，是不是專門來淋我們的？」

下著雨，兩個人無處可去，只能絮絮聊天。

李燃說，最近還是一樣忙，而且越來越忙了，他搞砸了好幾件事，也辦成了好幾件事，晚上慢慢說。

「我可能要去吉隆坡待三個月做一個項目，」見夏說，「做完這個，打算回國了。哦，我現在有資格申請國宅了，但不知道要排隊排多久，先等著吧，有沒有都無所謂。」

「那妳回來還是我去吉隆坡找妳？」

「隨便啊，」陳見夏看著夕陽下燦爛的雨，「我還滿想那尊小天使的。我去找你吧。」

他們在環球影城坐了雲霄飛車。鄭玉清心臟不好，神經失調，平時是絕對玩不了這個的，但偶爾也會說，很想試試看。

她就帶她試試看。

雲霄飛車閘門旁邊貼著的「注意事項」：高血壓不行、心臟病不行、高度近視不行、一四〇公分以下不行……

「你說，這種免責條款，意思就是死了我不管的，到底是負責任還是終極的不負責任？」

「反正妳很愛說免責條款的，什麼事都先考慮免責，相聚之前就想著散場，滿掃興的。」李燃吐槽。

陳見夏沒有否認。

環球影城旁邊就是巨大的水族館，他們一起進門，逛了太久，不小心走散了。水族館爲了照顧兩側水族箱的燈光效果，走廊很暗，在通往最大的深海區主通道右邊，有個很不起眼的小指示牌寫著「紅海」，陳見夏不知怎麼就轉進去了，穿過一段完全黑暗的安全通道，差點被台階絆倒，堪堪護住了懷中的骨灰罈。

掀開遮光簾，一片安靜，好像被遺忘的角落，漫天漫地的燈塔水母在陳見夏面前舒展開來，美得像一場夢。

她徹底失語，走過去，將額頭輕輕抵在玻璃壁上。

傳說燈塔水母有還童的本事，神秘地迭代重生，不老不死。但短暫的人類也能昭顯自己的力量，一代又一代，將「永恆」困進水族箱。

本以爲這裡只有她自己，一轉身，看見一個小女孩坐在地上背對著水母哭泣，抽抽噎噎。

陳見夏坐在她旁邊，問：「妳怎麼了？」

小女孩半中半英地解釋：「他們不耐煩，我看小丑魚，他們也跺腳讓我快走，看海龜，他們也跺腳讓我差不可以了快走，我看水母看得入迷，回頭他們不見了，迷路了。」

「我也迷路了，和愛人走散了。」見夏說，「妳是害怕還是生氣？」

「嗯？」

「害怕的話，我就帶妳去服務台，讓他們呼叫妳的爸爸媽媽來找妳。生氣的話……我陪妳生一會兒氣。」

小女孩哭得更厲害了，說：「我要生氣。」

陳見夏陪她坐了很久。

中途李燃給她發訊息，說：「我在深海區看台那裡等妳，有解說員，講得還滿好聽的，但沒人聽。

「她講完了就提問，全場都在玩手機，就我和三個小學生搶答，那三個小學生還作弊，拿手機偷偷查，我都是自己聽講解記下來的！」

因爲你才是小學生。

陳見夏氣極而笑。

她溫柔地等著小女孩哭完，小女孩也拿出兒童手機，說：「我去找我爸爸媽媽了。」

「原諒他們了？」

小女孩搖搖頭，「沒有。我會一直記得。只是現在不生氣了。」陳見夏回頭望著燈塔水母，不知道被困在這裡的永恆到底有什麼意思。人類也有自己迭代的方式。

她撫摸著骨灰罈，不知道媽媽有沒有聽見。

陳見夏笑笑，說：「那就一直記得吧。沒關係的。」

「妳不是也走丟了嗎？妳要去哪裡？」

「我不知道我要去哪裡。」見夏誠實地說。

「但是沒關係。我知道他在哪裡等我。」

——下冊完

# 番外 · 喜樂會

1

凌翔茜篩選伴娘名單的時候發了愁。

她十八歲離家讀書，認識的朋友年紀各異、形形色色，在上海找幾個關係不錯又未婚的伴娘易如反掌。然而在家鄉舉辦的這一場，她先給自己設了個標準，一定要找少年時代的同學來見證。

既然是同齡人，大多結了婚。

第一個想到的是余周周，已婚。

余周周電話裡建議她去找耿耿，余淮的太太。耿耿已經是網路上小有名氣的攝影師，發展得很好，雖然凌翔茜自己做 MCN，可以從上海帶攝影製作團隊，但人生地不熟，硬帶過來，還不如耿耿這種原本就在家鄉開工作室的，既可以當伴娘，也可以把拍照、婚禮 vlog 全包下來，省心。更何況，凌翔茜和余淮是初中同學，林楊和余淮是鐵哥們，耿耿和余周周也是初中同學，余周周和余淮是親戚，大家又全都是振華高中校友，就算凌翔茜與耿耿不直接認識，也早就該認識了，親上加親多方便呀。

凌翔茜打斷了余周周玩連連看。

「妳聽聽自己在說什麼？『太太』，都已經是余淮的太太了！」

余周周語塞。家鄉不大，千絲萬縷都相連，反而漏了最關鍵的事。

但很快，她如凌翔茜預料的一樣，講出了標準的余周周式歪理：「爲什麼伴娘一定要是未婚女性呢？妳不覺得這個規矩很奇怪嗎？」

明明是自己搞錯了，卻一本正經地要從根本上推翻伴娘傳統。

余周周繼續說：「如果標準放寬一點，我不是也可以做伴娘了嗎？」

凌翔茜說：「對，好，都怪我自己想不開，我一定好好考慮，打開思路，眞是謝謝妳，幫了大忙呢。」

她掛上電話就用抱枕去打楚天闊，電光石火間，楚天闊作出了抉擇：把筆記型電腦合上防止造成更大的損失，並用臉結結實實接下了這一擊。

鬧了一會兒，凌翔茜忽然問他：「如果我剛才用的不是抱枕呢？你會選擇保住頭，還是筆記型電腦？」

和大部分戀愛中的人一樣，凌翔茜也常常提有關「如果」的問題，但和喜歡拿自己與對方的前任、白月光、偶像、親眷作比較的人不同，凌翔茜總是在和一些意味不明的東西對抗。

楚天闊知道，無論他怎樣努力，時間怎樣流逝，有一些事情就是發生了，在人最黑白分明、眼裡不揉沙子的青春歲月，他因爲自保而放棄過她。

凌翔茜在對抗內心的不安，一刻都沒有停止過。

「妳如果抓起來的是椅子，我一定不會優先保護電腦；而且妳也不會用椅子打我，妳舉不起來；就算舉起來了，攻擊速度也沒有抱枕快，我應該有時間同時保住電腦和頭。」

他誠實地回答。

凌翔茜長出一口氣。失落嗎？或許有一點，但如果楚天闊對她說：「寶寶妳就是用鋼筋砸我我也絕對不躲。」——她一定會驚恐又噁心地連夜收拾行李逃跑。

這時候她收到了林楊的訊息。

「妳要對我的婚姻負責。」

## 2

從凌翔茜開始籌備盛大婚禮，林楊就偷偷將她「勿擾」了。他可太了解凌翔茜的威力了。

又霸道，又糾結。

一糾結就諮詢別人的意見，諮詢完了卻根本不聽。

他因爲在聊天群組中回覆糾結婚禮背景音樂的凌翔茜「妳把迪士尼所有公主主題

曲全放一遍不就得了」而被迅速踢出了群組，剛鬆了一口氣，余周周又把他拉回了聊天群組。

「自己跑？」余周周笑咪咪看著他，「想都別想。」

余周周常說林楊、凌翔茜和蔣川是「三小無猜」，林楊腦袋搖得像撥浪鼓，「無猜個屁，猜得頭痛，她一問問題，我就冒冷汗，小時候不懂，沒有專門的詞能形容，現在明白了。」

他在網路上看到一個詞才意識到，自己和蔣川是做著「送命題」長大的。

林楊一邊讀著 paper 一邊偷聽余周周和凌翔茜聊天。他以爲余周周只是對凌翔茜祭出了她最擅長的敷衍大法，沒想到掛電話後，余周周竟然陷入了沉思。

「我從來沒做過伴娘。」她自言自語。

林楊預感不妙。余周周角色扮演的癮被勾起來了。

他立刻糾正她，「妳做過好幾次伴娘，包括給妳堂姐、玲玲姐。故事大王，不要張口就來。」

「那個不算，只是讓我幫忙堵門、起鬨、藏婚鞋、討紅包、遞戒指……」

「伴娘就是幹這個的啊！」

「不是的。」余周周一臉認眞，「伴娘要穿漂亮的伴娘服，凌翔茜品味好，挑的伴娘服一定很好看，我看過他們上海那一場婚禮的照片，我也想穿。」

「所以？」

「我想做伴娘。我要查查爲什麼已婚不能做伴娘。」

「查完了呢？」

「從理論上好好駁斥一下。規矩是死的，人是活的，」余周周對著 iPad 兩眼放光，「凌翔茜骨子裡是一個很自由的人，說不定會考慮。」

「如果她說必須是單身，難道妳還要離婚？」

余周周笑了，「可以這麼做嗎？」

林楊轉身進了臥室。

余周周放下 iPad 追過去，從背後跳起來掛在林楊身上，說：「你每次都送上門來找虐，我真的忍不住，也不怪我呀。」

「好玩嗎？」

「好玩。」余周周說。

林楊索性抓住她的腿，往上一顛，把她背了起來。

「我還記得呢，初中公開課比賽那次，你們師大附中還演了個英文舞台劇，你打扮得像怪盜基德，我想起來就不爽。」

林楊臉紅了，「老師讓我穿白西裝的，又不是我自己非要臭美。」

「你們老師還讓你戴禮帽、穿斗篷戴單片眼鏡？」余周周毫不留情地戳穿他，「婚紗店都配不了這麼齊。」

林楊轉移話題，「帥嗎？」

余周周笑了，「帥。但也很氣，想把斗篷給你扯下來。」

「好好好，當伴娘，穿裙子，我也一起去求她，行了嗎？」

林楊嘴上抱怨，其實很著迷余周周忽然發神經的樣子，她進入她的劇情，毫無預兆地開演莫名其妙的斷章，而他接得住她的戲，只有他。

「其實我的確不太想摻和她婚禮的事，」林楊坦承，「妳知道蔣川從小就喜歡她，雖然大學不在同一個城市慢慢淡了，但……要說這件事裡非挑一邊站，我一定站在蔣川那邊。」

「我知道。」余周周說，「我站楚天闊這邊。這輪一比一。」

「到底爲什麼啊？」林楊哀號。蔣川是他從小的玩伴，最好的朋友。「蔣川眞的很慘，他這幾天又去參加hiking了，山都要讓他踩禿了。如果大一，嗯，還有大二，大三有沒有？反正大四一定有——總之如果大學畢業之前凌翔茜答應他的表白，他一定會留在國內的。」

「嗯。」

「嗯？」林楊問：「『嗯』就完了？」

「還能怎麼樣，凌翔茜又沒吊他胃口，每次都是明確拒絕的，難道她不做他女朋友，從小到大的情誼就消失了嗎，什麼都不算了嗎？她也因此失去了從小一起長大的朋友，痛苦的只有蔣川嗎？大學不是也有女生追過蔣川，那個女生慘不慘？有人喜歡他，他喜歡凌翔茜，凌翔茜喜歡楚天闊，楚天闊正好也喜歡凌翔茜，單鏈裡只要有一個箭頭轉回來，就沒別人的事了，有什麼辦法呢？」

林楊知道，余周周不是剛才胡攪蠻纏要穿伴娘服的狀態了，她認眞了。

「其實你以前勸凌翔茜接受愛她的、對她好的人，我聽著還滿煩的。凌翔茜愛喜歡誰喜歡誰，你又怎麼知道現在楚天闊對她不好？她這麼倔的人，愛憎分明，如果不是眞拿你當朋友，早就暴走了。」

余周周示意他先把她放下來，「你慢慢想吧，我還有伴娘的事情要研究。」

於是林楊開始認眞思考，但很快被出題人自己打斷了，余周周探頭，問他：「對了，你能不能幫我一件事？兩個人一起滑手機會比較快，機率更大。」

「滑什麼？」林楊嘆氣，「又要搶什麼官網限量了？」

# 3

耿耿有一個私人工作日誌，記錄客戶的一些絕美愛情與奇葩行爲。

她不知道凌翔茜到底應該歸在哪個標籤下面。

凌翔茜對她拍的洛枳、盛淮南婚紗照的評價只是「還可以吧」，並且表示，如果是她和楚天闊，拍出來一定更美，但既然學姐已經在振華校內拍過照片了，這個主題後來又被那麼多振華校友學過，她一定不要拾人牙慧。

「所以我得給他們重新想主題。」耿耿抓狂。

余淮一隻手抱著熟睡的孩子，保持著穩定的、一搖一搖的節奏，這樣孩子才不會醒，另一隻手滑著螢幕上研究生剛發來的季度預算，心不在焉地答應：「嗯嗯，訂金收了沒？嗯。」

「嗯個鬼！」耿耿抓起背後的靠枕丟過去。余淮頭也不抬，一側身就躲過去了，說：「我沒手了，妳自己撿吧。」

耿耿從工作台上下來，撿起靠枕。

余淮火上澆油，「妳本來就不能一直用盛淮南那套照片吃老本啊，人要進步的，只要是學生情侶妳就照搬主題，早晚碰見難搞的，不是她也有別人。」

「是我想吃老本嗎?!」耿耿暴怒，給自己抱不平，「是校園主題的客戶自己要求拍一樣的！我早就拍膩了！！」

「那不更好，這個客戶想要不一樣的，終於給妳發揮的空間了。」

「用不著把我說過的話重複一遍，」耿耿拎著抱枕，「你小心點，我現在就在你旁邊，瞄得很準。」

余淮的眼睛盯著最後幾行數字，聲音裡沒有一絲波瀾，像機器人一樣：「好啊。妳打死我吧，有種把我和孩子都打死吧。妳打。妳打。」

耿耿笑到拎著抱枕蹲在地上起不來。余淮終於看完了，收起手機放進居家服褲袋，問：「要我和妳一起想嗎？」

「唉，他們倆要是跟我一樣有幽默感就好了，」耿耿答非所問，「楚天闊也跟你一樣，總在想工作的事情，試拍的時候我想讓他輕鬆一點，就跟他說，你老婆是我老公的女神。」

「結果沒有人笑。」耿耿說。

余淮看著她，「我也覺得不好笑。」

## 4

但耿耿覺得還是滿好笑的。

## 5

陳見夏沒想到自己會被找上，她一口答應下來。

婚禮日期定在振華的校慶週之前的週六，正好九月輪到她回省城找李燃，上海那場李燃錯過了，這一場他本來就要參加並補上禮金……天時地利人和。

「我本來就打算請三天年假加兩天事假，連上兩個週末，有九天呢。但是我沒當過伴娘，不知道籌備的時候都要做什麼。早上要迎親嗎？要我幫忙聯繫車隊嗎？是不是要整新郎？堵門、要紅包什麼的……妳提前告訴我流程，可別讓我幫了倒忙！」

楚天闊的聲音傳過來，「新郎也在，她開的是免持聽筒，這些流程都沒有，妳別想著整我。」

「會不會耽誤妳和李燃約會啊？」凌翔茜關心的是另一件事，「你們異地戀飛來飛去的，回來一趟還得被我們占用。」

「妳就別擔心這個了，除了校慶前一天我必須去看他踢友誼賽，其他時間本來也沒安排別的，籌備婚禮他也可以跟我一起幫忙呀，多有意義的一件事。」

凌翔茜喃喃道，果然還是楚天闊的好朋友做人更穩定正常，和他本人一樣。可能眞的是人以群分。

她們聊得很愉快，商定了陳見夏回程的時間，凌翔茜要走了見夏的尺寸，讓禮服公司那邊幫忙修改伴娘服。

陳見夏看到凌翔茜發過來的照片，眞誠誇獎道：「伴娘服好漂亮，比上海那場還漂亮。我最近得堅持健身了。」

「漂亮吧？我自己設計的。」凌翔茜笑，「余周周想穿，我到現在還沒鬆口呢。等妳回來先試禮服！」

因爲商議婚禮的細節，大家聊天的機會變多了，陳見夏終於覺得，藉這個機會問問楚天闊他們的愛情故事，應該不突兀了。

楚天闊依然是楚天闊，他從來就不會順著對方的節奏，問什麼答什麼。

他問陳見夏：「妳知道爲什麼凌翔茜找妳做伴娘嗎？妳們倆都不熟，顯得她窮途末路似的。但她不是找不到人。是她自己標準高，不是因爲找不到人。」

見夏笑了。楚天闊爲愛人辯護的時候，居然會這麼笨拙。

高中的時候，他們秘密交往，表面上很理智，情到深處楚天闊也曾當著陳見夏的面抒發一些不像他說得出來的肉麻話，比如很心疼凌翔茜，明明那麼小心翼翼地做人了，還是一個眞心的同性朋友也沒有，身邊圍繞的「閨密」不少，都對她懷著一些別樣的情緒，幾個從小一起長大的男同伴又遲鈍。

「她很不快樂。」少年楚天闊說，「但我幫不了她，我只會把她影響得更小心做人……更不像她自己。」

少年陳見夏當時自然不知道如何回應，但現在，看過人生起落，她明白了許多。

「找我當伴娘怎麼就窮途末路了，」陳見夏語氣輕鬆地抬槓，「是我在校友裡太沒存在感了嗎?當伴娘身分不夠?」

楚天闊笑了。

「我和她一起走過一段夜路，分享過同一首歌，在我自己也非常難過非常不快樂的時候。她在家複習備考，我們一起喝過熱巧克力……誰告訴你女生一定要三年手拉著手上廁所才算朋友?婚禮是很重要的時刻，她就是因爲眞心相待，所以不希望身邊站著一個假姐妹，否則以她現在的事業和風光，隨便找個你所謂的『閨密』不就得了?這把年紀了，同學們都在經營人脈，凌翔茜但凡主動邀請，她會缺伴娘?」

楚天闊說：「剛才那段話，要是她也聽見了就好了。」

「你轉述不就好了？」

「不一樣，她不是很相信我的話。她覺得我太會說了，可能是自己潤飾過的。」

「還沒有原諒你嗎？」

但是又那麼喜歡你。

陳見夏也懂得。常常還是會和李燃鬥嘴，有時候又提起南京，他始終有心結。

「見夏，妳喜歡自己在振華的三年嗎？」楚天闊問，「我知道很複雜，不能非黑即白地斷言，但非要斷言，只能選是否，妳會怎麼回答？」

「這和你們怎麼再續前緣的有關係嗎？」

「有很大關係。妳先回答我，我才講得清楚。」

陳見夏被楚天闊的鄭重打動了，八面玲瓏的班長僅有幾次在自己面前展露過脆弱的眞實，他曾經深深地理解她，爲絕望得像無頭蒼蠅的她尋找新加坡項目難得的機會，沒有評判過半句她的背叛。

「我好好想一想，擺脫一時的情緒，再回答你。」

「好。」

6

耿耿也在問凌翔茜同樣的問題：兩個人的愛情故事。

幸好凌翔茜跟她算小半個同行，她無須像面對其他普通客戶一樣反覆解釋這些提問並非爲了窺探隱私。

「要策劃拍片的主題和選材，是嗎？」

「對。」

「高中的事還要講嗎？」凌翔茜大大方方地問，「你們都知道吧？我自己也聽過流傳的版本，有些地方很扯，不管對我還是對他，惡意都太大了。但基本事實沒錯，我和他在一起過，分開了，我保送考試出事了，調查過後撤銷了處分，但在家自學直接去參加大學入學考……大部分都跟傳的一樣，這個妳能挖掘出來什麼主題呢？我自己覺得很難。」

耿耿也大大方方的，「妳自己想講，我們就拍，憑什麼都讓別人編派，自己也可以說啊！」

「沒興趣講。」凌翔茜搖頭，「眞的不喜歡講。不是因爲一齣一齣的鬧劇，是因爲……」她打住了。

耿耿的工作室近幾年女生個人寫眞和姐妹出遊旅行拍照占了營業額的近四成，漸漸不再主營婚紗和情侶寫眞，而她也見夠了情侶——有恩愛熱戀中的；有相親後還不相熟就匆匆趕著結婚的；有相戀多年憔悴不堪、會因爲一丁點不如意就迅速翻出彼此出軌移情的舊帳卻依然捨不得分開的；有介意對方心中還有白月光、不甘心被退而求其次卻只能如此的……看了太多無奈與謊言，她辨別得出來，凌翔茜沒說假話。

「如果可以，我想把自己從初二到高三的時光全跳過去，」凌翔茜說，「想把這段人生抹掉。」

凌翔茜忽然問：「是妳的話，妳會嗎？」

耿耿想都沒想，「讀書和考試這輩子也不想再來一遍了，但是在五班真的太開心了，校慶的時候我好朋友簡單、S、徐延亮他們都會回來，而且要是沒了高中三年，我怎麼認識余淮啊？」

凌翔茜的目光裡帶了幾分羨慕。

耿耿直言：「妳就當我俗氣吧，我們大部分的影片不管是用什麼敘事順序來剪輯，很少把新人初遇、定情的那部分也一起跳掉，妳把這段跳了，妳和楚天闊不就壓根不可能認識了嗎？」

凌翔茜沉默了一會兒，突然抬頭，笑得有幾分給人添麻煩了的羞赧。

眞的美。耿耿又想講一遍那個所有人都覺得不好笑的笑話，幸虧忍住了。

「要是能只記住新生第一次升旗那天就好了。我在人群中看見他。」凌翔茜說，「一見鍾情。

「記住我們一起去假公濟私買文具也可以。他在紙上寫了我的名字。

「科技館也好，他主動抱住了我，我一睜開眼睛，鏡子迷宮裡，到處都是我們，一個明亮破碎的世界，漫天漫地，都是我們。」

耿耿正低頭打字記錄，說：「都很好啊，鏡子這個特別好，拍出來一定非常美，我好好找幾個拍攝位置……」

她沉醉時，凌翔茜想起的瞬間卻是她考砸了，坐在班導師武文陸辦公室裡，武老師臉上夾雜著輕蔑、憐憫和不耐煩，那段話她幾乎能背得下來：「有同學說你們太早談戀愛，楚天闊說是誤會，交流學習接觸比較多，讓同學們想多了。他說對妳沒有別的想法，至於妳對他有沒有，畢竟不熟，他不知道。」

被冤枉作弊都比不上這句話內火焚心。

事後她拿這段話去問楚天闊，他們站在夜裡行政區窗台，曾經偷偷牽手的地方。楚天闊說：「我以爲妳一聽就明白了，妳應該順著我的話撇清，反過來說幾句瞧不上我的話更好，讓老師知道妳厭惡被別人傳跟我扯上關係，乾脆摔門走……我以爲妳會這樣接招。」

可我沒接上，凌翔茜在心裡默默地說，我眞心眞意，以爲你是這個窒息的學校裡唯一讓我可以重新呼吸的人。

她一見鍾情，隱忍著，猜測著，在苦澀中思索一絲絲他給她的一點點不足爲外人道的特別，喜歡他冷靜持重，喜歡他權衡利弊，包括恰到好處的疏離，都讓她更著迷……最後一不小心情緒崩潰，便「不夠有默契，沒配合上他的思路」。

她初中學會了小心做人。

被女生誇漂亮時反身就來一句「妳這個髮夾好好看妳哪裡買的快告訴我」，班上林楊受歡迎，她刻意和林楊保持距離。

忽然覺得沒意思。學校是小型血腥原野，但誰說過，落單的水牛一定不能單挑鬣狗群？她明明長了鋒利的角，居然硬生生自己掰了下來，如此可笑。

她恨楚天闊，更恨她自己。

## 7

凌翔茜到底要什麼？

耿耿還是沒有想出任何新穎的拍攝主題，整個人恍恍惚惚，不禁開始後悔提前收了那麼多訂金，真是不想幹了。她雖然還比較注重保養身材，但精神上已經「幸福肥」了，擠不進凌翔茜和楚天闊彎曲的腦迴路。

不想幹了，退單吧。

但他們給的實在太多了……

回到工作室樓下，碰巧余淮也剛停下車，他去學校找研究生談話，順路去她爸爸家取了齊阿姨做的排骨湯。

「正好，妳自己帶上去吧，我就不停了，這邊交警會開單。」

耿耿接過保溫飯盒，「好，我趁熱喝。」

「別趁熱，這飯盒保溫效果巨好，小心燙死妳。」

她笑了，忽然問：「余淮，如果能給你機會把高中三年的時間全抹掉……或者抹掉一部分，你會選擇抹掉哪個部分呢？競賽考砸了？大學入學考？」

余淮瞇著眼睛看她，像看大傻子。

「抹了哪一段也不行啊，抹掉任何一個細節可能都沒有今天了，時空穿越改變歷史這件事情扯不扯，妳要非說是平行宇宙……」

「是我的錯，」耿耿說，「我就不應該問你。」

「不抹，」余淮說，「成敗是非都是我自己，有什麼好逃避的？」

「哥們，你逃了七年啊，」耿耿驚詫，「因爲大學入學考沒考好你直接放我鴿子了，你哪裡來的臉?!」

余淮臉紅了，說：「我走了，排骨湯趁熱喝。」

「不是說燙死人嗎?!」耿耿拍打余淮的車窗，「你其實是想把我給殺了吧?!余淮！！！」

# 8

二〇一四年，凌翔茜出差去北京參加一場策劃會。會場在五星級飯店的商務廳，十幾個人，只有兩個女生。果然，聊不了幾分鐘，開起了黃腔，擦邊的，「懂的自然懂」那種，不能給臉色。

暴走邊緣的凌翔茜已經沒有更多藉口了，途中出去接打電話兩次，藉口上廁所四次，幾乎要公開把腎不好寫在腦袋上。

這時候那個戴骷髏耳釘的酷女生——凌翔茜沒能耐一下子記住十幾個人的名字——突然站起來說：「我出去抽根菸。」

男人抽菸天經地義，以前愛在會議室裡吞雲吐霧，後來北京、上海全面禁菸，大家紳士地用「出去抽根菸」作休息的理由，抽得過多也沒關係，笑笑說自己菸癮大就好了，想更可信一點，還可以補充，太太管得嚴，回家就不能抽了。

女生朝她瞥了一眼，只有一眼，凌翔茜讀懂了——這把可以跟。

但她不吸菸，於是反應慢了零點五秒，內心那個「好女孩」的牌坊好死不死在這時候絆了她一腳。女生轉身走了。

會議室的玻璃門剛合上，凌翔茜探身抓過一個小鐵盒，「她怎麼沒拿火？」追出去，正好看見女生從扶梯往一樓下去，凌翔茜沒有叫住她，直到她穿過旋轉門走到飯店外的廊簷下，才走過去說：「妳沒拿打火機。」

女生回頭看見，一愣，輕笑道：「我還真不是故意的。」

「我是故意的。」凌翔茜遞過去。

「妳好，許會。」女生伸出手，凌翔茜猜她是個T，也友好伸出手，「凌翔茜。」

許會好像想起了什麼，大笑起來，但沒告訴凌翔茜她笑什麼。

「妳要不要來一根？我朋友幫我帶的，七星爆珠，藍莓的，還滿好抽的。」

凌翔茜這次沒猶豫，伸手接過來，她照著女生的示範，在過濾嘴那裡掐了一下，劈啪一聲，捏碎了裡面一顆小圓球。

她還在研究該用哪兩根手指頭夾，女生已經吞雲吐霧起來。傍晚外面煙雨迷濛。凌翔茜一轉頭，看見西裝革履的男人從商務車上下來，飯店門口人來人往，她的目光再一次穿過人群，一眼望見了楚天闊。

凌翔茜迅速轉身，假裝沒看見他。

過了一會兒，訊息響了，她右手夾著菸，左手單手解鎖。

對話框裡，這條訊息的上一條還是系統消息，「您已通過楚天闊的好友申請」。是楚天闊。「妳什麼時候開始抽菸了？」

凌翔茜冷笑，回：「今天。有問題嗎？」

不會像高中一樣裝腔作勢、小心翼翼了，不會再把高中的路重走一遍，我已經找回了自己，大學活躍耀眼，事業蒸蒸日上，有那麼多人愛我追求我理解我，你愛怎麼想怎麼想，隨便你，隨便你……

反正今天穿的是煙管褲，她索性併腿蹲了下去，死盯著螢幕上的「對方正在輸入中」。

終於，新訊息躍出水面。

「沒問題。很美。」

凌翔茜記得故事的開頭，她在開學式的人海中，一眼望見他，一見鍾情；也記得故事的結尾，她做爲學生代表當護旗手，他尷尬地誇她，還是這樣笑更美。當時凌翔茜覺得自己放下了，揚著頭說：「當然，我一直都很美。」轉頭還和蔣川吐槽。

少年時代到底有多少自以爲放下了的瞬間？眞容易起誓。她再見到他，還是一見鍾情，多少人愛她都沒有用，她還是喜歡他。

楚天闊一句話快轉到了結局，抹掉了三年，她作夢都想抹掉的三年。

這時候凌翔茜聽見楚天闊的聲音，就在她頭頂——「妳爲什麼不點火？」

凌翔茜愣愣地轉頭，楚天闊就在她斜後方站著，一臉略帶捉弄的笑意。

許會在一旁補刀，「我們都看妳半天了，眞的服了妳，乾抽啊?!」

故事有了新的開始。

9

凌翔茜對耿耿說：「算了，訂金妳留著吧，我不想拍了。」

耿耿驚呆，「妳不結了?!」

凌翔茜也急了，「怎麼說話的，我只是說不拍了！我覺得太刻意了，上海本來都辦過一場了，我其實也不喜歡振華，爲什麼非要來這裡搞什麼風光大辦？辦給誰看啊？自己跟自己過不去。」

耿耿鬆了口氣，「哦哦，那就好，婚禮好好辦……訂金本來就不能退，又不是妳大方，這是規矩。」

凌翔茜翻白眼。

耿耿又說：「但在老家的婚禮還是得辦吧？你們雙方爸爸媽媽總要收禮金的啊，就當辦給老人看了，爸媽總得把同事、親戚那邊發出去的錢收回來吧？妳就辦個中老年場，搞定了拉倒！」

凌翔茜笑到不行，「好主意！」

「還有更好的主意，妳要是懶得見同學，振華不是有個超大校友群組嗎？妳直接在裡面發個收款條碼！」

「訂金還是退給我吧。」

耿耿裝作沒聽見。

凌翔茜不知道自己那個莫名其妙的問題像電腦病毒一樣，傳到了很多振華校友的聊天中，耿耿甚至忍不住打電話問了洛枳學姐。

洛枳說：「我高中每天都寫日記，撕掉單頁，整個線裝本就全散了，不要。」

她轉頭喊盛淮南：「你呢？」

盛淮南的聲音遠遠傳過來，「我也不要。」

洛枳說：「好啦，回答完畢。」

耿耿對凌翔茜說：「其實妳說得很對，人不要自己跟自己過不去。我雖然還是沒太明白妳到底要幹什麼，但我覺得，妳其實滿快樂的。」

像海面上大霧散去，陽光重新照進來，照耀出清清楚楚的心意。

凌翔茜笑著說：「我知道我很快樂。」

內心腹誹，生意人爲了不退訂金眞是夠拚的。

## 10

余周周終於可以做伴娘了。

她正和林楊一起窩在沙發上用同一個 iPad 看更新的漫畫，忽然收到凌翔茜的訊息。

凌翔茜沒頭沒腦地說：「去他媽的，我的婚禮我說了算，什麼規矩，我就是規矩！來做伴娘！」

余周周說：「你看我說什麼，凌翔茜有一顆自由的靈魂。」

但她摸著自己最近略微有一點點圓潤的小肚子，想了想，對凌翔茜把腰圍尺寸報小了半碼，然後將平板推給林楊說：「我去跑步了。」

「現在跑還來得及嗎？」林楊說，「後天我們就出發了。」

「閉嘴，怪盜基德。」

余周周正低頭穿跑步鞋，林楊忽然說：「上次的思考題，我有答案了。」

她頭也不抬，「答案是什麼……欸，題目是什麼？」

「我還是覺得蔣川很慘。但妳說得對，喜歡他的女生也很慘，單戀就是滿慘的。但我明白妳爲什麼討厭勸凌翔茜了，如果當初，別人讓我放棄妳，找個對我好、喜歡我的，我也會覺得煩。能夠毫無保留地去愛一個人，不管有沒有回應，都是很幸福的事情。一定要比較的話，愛人比被愛幸福。」

余周周氣勢洶洶地走了過來，「爲什麼把自己說得那麼卑微啊，你追什麼了，你不就正常生長發育，順便喜歡我嗎？」

「順便?!」

「好像追我追得多辛苦似的，難道我不喜歡你？我對你不好嗎？兩情相悅的事，讓你說得跟單戀似的，煩不煩啊！我要離婚。」

林楊笑了。兩情相悅。他當然一直都知道，余周周這個人很彆扭，從小她就只欺負他。

「那妳幸福嗎？」

「噁心。」

「回答問題！」

「當然啊，愛人比被愛幸福，」余周周踮腳用額頭輕輕碰他的鼻尖，「很幸福。我愛你。」

那就來做點別的吧，林楊抱起她，「減脂不一定要跑步，也有別的方式可以消耗熱量。」

余周周一臉驚恐，「你要做什麼！你放開我！！」

爲什麼要現在開始演強搶民女？爲什麼是現在?!林楊哭笑不得。

但只能扛著她繼續演下去。也滿好玩的。

## 11

陳見夏的新老闆也姓陳，和她是本家，竟然也是振華校友，但比她大了很多屆，實在沒多少共同話題。

到職前便聽聞他是個話少又冷淡的人，至今獨身，短暫接觸過，見夏覺得傳聞不虛。

不過或許是難得在異國遇見同鄉同校的緣分，他對見夏很照顧，雖然事務所只是重新回國立大學讀書期間的過渡工作，但陳見夏工作得很愉快，甚至改變了主意，考慮長待下去是否有發展。

她沒想到自己會在飯店慶功宴的樓下遇到余周周。她跟客戶道別，余周周從計程車上下來，兩人愣了一會兒才認出彼此。

神奇的是，余周周竟然是來找陳桉的，陳見夏的新老闆。

「他告訴了我地址，但我沒想到是這種場合，我怎麼穿成這樣。」余周周抱怨，「我得趕緊跑。」

印花吊帶上衣，米白色麻布長褲，一身度假遊客的樣子，的確格格不入。陳見夏促狹一笑，輕聲說：「我幫妳去叫他。」

余周周送給陳桉升 partner 的禮物是一只八音盒，深藍色，四四方方，盒壁沒有絲毫飾紋雕刻，只在正面包裝上印著一塊菱形藍寶石。

「是藍水。」她說。

陳桉笑著沉默，很久才說：「我知道。」

「《海底兩萬哩》動畫播出週年紀念，限定發售，很難搶的，」余周周強調，「我們倆手機滑了大半夜，終於搶到了。」

陳桉垂眼看著盒子，沒有說話。

站位錯誤，這個氛圍不太對。見夏意識到這一點，想閃開也來不及了。陳桉落落大方地對見夏說：「Jen，馬上輪到我了，妳幫我照顧好周周。」

主持人引領陳桉上台致辭，盒子回到余周周手裡。

她們一起去了露台角落。兩杯香檳下肚，余周周依然沒有向見夏解釋「藍水」究竟是什麼，她背對著珠光寶氣、觥籌交錯的露台，給八音盒轉了兩下發條，澄澈單調的旋律響起來，一時間竟壓住了酒會的樂隊，纏繞成結界，倒轉了時間。

上面還放著一張小紙卡。

「我得走了，八音盒和信，妳幫我交給他吧，本來想郵寄給他的，但是正好回振華嘛，可以飛新加坡轉機，我們都想過來玩一天。」

余周周起身，說林楊還在聖淘沙等她，溫淼說要教他玩單人帆板。

「我去看看林楊有沒有被海水嗆死。我們就凌翔茜婚禮上見吧！」

見夏天人交戰，那張紙卡只是左右對摺，疊得實在隨意，已經微微張開了，側面隱約能看到字跡，不怕人瞧見似的。

她用食指輕輕推開。

娟秀的字跡寫著：

**陳桉：**

**要是總害怕獻出一顆藍水就會獻出所有，人是不會快樂的。索性，我這顆也給你。**

## 12

凌翔茜和楚天闊的婚禮很熱鬧，巨大的宴會廳，高朋滿座，校友齊聚，長輩和年輕人都玩得很開心。

後來耿耿聽余淮和余周周說，凌翔茜去年在上海已經辦過一場婚禮了，甚至都沒通知家裡的長輩，除了婚紗和伴娘服，她一概撒手不管，全都丟給剛到上海、沒有任何資源的楚天闊，反正十天後就要辦，她要穿婚紗——楚天闊把小型婚禮辦得漂漂亮亮，在場的幾乎全都是凌翔茜的朋友。

這只是凌翔茜無理取鬧的事蹟之一。

這一場也是，嘴上說著好煩，不想辦了，最後還是搞出了公主出嫁的盛況，耿耿心裡感慨，這個女人眞的是個謎。

唯一的小插曲是楚天闊父親的致辭。

按順序，凌翔茜爸爸先上台，他遊刃有餘，對在場的長官、親友一一致謝，恰當的時候灑下捨不得女兒的淚水，激動又克制，體體面面。耿耿參加過這麼多場婚禮，他是表現得最符合婚禮「標準」的父親，久經沙場的樣子，難怪家裡那麼有錢。

輪到楚天闊父親，明顯緊張得不得了，抖得整個人彷彿要從西裝裡逃出去。他準備了一張小紙條，唸得結結巴巴，那是婚禮現場唯一冷場的幾分鐘。

那全場尷尬的幾分鐘裡，楚天闊安然站在父親旁邊，扶著他，偶爾在他頓住的時候低頭幫他瞄一眼紙條上的字，輕聲提醒他。

他和凌翔茜都沒有催促，凌翔茜甚至阻止了自以爲機靈、打算說點什麼來圓場的司儀。

耿耿站在工作室的攝影師旁，她自己也舉著相機，不知爲什麼，這一刻令她最爲動容。

台下穿著伴娘服和余周周並肩而立的陳見夏倒是毫不顧忌地掉下淚來。她爲班長高興，不是因爲那個拆遷現場蹲在紅色水盆前發呆的少年終於有錢了、成功了、北京有房了，也不完全是因爲他終於願意敞開心扉、用各種匪夷所思的方式去修補少年時辜負愛人的錯誤，追求百分之百的愛情。

她也說不淸。也許只是爲他可以輕鬆地站在侷促的父親面前，讓他把致辭唸完。

「楚天闊以前跟我講過一個故事，他小時候當電腦代言人的故事。」余周周忽然說。

見夏輕聲回應：「他還說有機會講給我聽。」

「我覺得他可能不會講了，」余周周微笑，「他長大了。」

## 13

振華校慶那天，各個班熟絡的同學聚成一堆一堆聊天，廣場上人聲鼎沸，大家一起在操場上等待儀式開場。

忽然有人一聲驚呼。起風了，「大雁」又飛起來了。

升旗廣場上的一角一直立著一隻振翅欲飛的大雁，一人多高，刷成古銅色，卻是泡沫做的，很輕，從他們入學前便在那裡了，直到今天，沒人知道爲什麼。

只要一起風，大雁就會被颳倒，風很大的時候，甚至會將它颳到半空中。

高一第一次期中考試後，他們第一次見到傳說中的「大雁起飛」。

那天風很大，簡單和S兩個閒人率先發現，衝到窗口對五班全體喊：「飛了，眞飛起來了！」

凌翔茜抱著書猶豫要不要跨過一步，去一班找楚天闊還書，跟她一樣盯著一班門口的還有林楊，但只是徒勞，余周周的桌子既不靠前也不靠後，如果不勇敢走過去，從哪個角度都看不見。

李燃的平頭剛剛長出來，不好意思地摸著醜醜的毛碴，問陳見夏：「我一直沒找妳，妳是不是不高興了？」

盛淮南正趴在桌上戴著耳機用優秀作文範本的背面打草稿計算常微分方程式；耿耿抱著余淮讓她幫忙還給盛淮南的習題冊小跑，在走廊裡遇見了洛枳。

那時候他們都在盼著長大。喜樂平安，只是人間普普通通的一天。

# 後記

《你好，舊時光》
《暗戀．橘生淮南》
《最好的我們》
《這麼多年》

想寫的都已經在故事之中。
再見，振華中學。
謝謝你讀我的書。

國家圖書館出版品預行編目資料

這麼多年（下）／八月長安 著.
--初版.--臺北市：平裝本. 2022.05
面；公分（平裝本叢書；第0539種）
（☆小說；15）
ISBN 978-626-95638-8-3（平裝）

857.7　　　　　111005571

平裝本叢書第 0539 種
☆小說 15

# 這麼多年（下）



作　　者—八月長安
發 行 人—平　雲
出版發行—平裝本出版有限公司
台北市敦化北路120巷50號
電話◎02-27168888
郵撥帳號◎18999606號
皇冠出版社(香港)有限公司
香港銅鑼灣道180號百樂商業中心
19字樓1903室
電話◎2529-1778　傳真◎2527-0904
總 編 輯—許婷婷
執行主編—平　靜
責任編輯—張懿祥
美術設計—單　宇
著作完成日期—2021年
初版一刷日期—2022年5月

法律顧問—王惠光律師

讀者服務傳真專線◎02-27150507
電腦編號◎541015
ISBN◎978-626-95638-8-3
Printed in Taiwan
本書特價◎新台幣299元/港幣100元